사랑과 다른 악마들

DEL AMOR Y OTROS DEMONIOS
by Gabriel García Márquez

Copyright © GABRIEL GARCÍA MÁRQUEZ, 1994

All rights reserved.

Korean Translation Copyright © 2008 by Minumsa

Korean translation edition is published by arrangement with
Gabriel García Márquez c/o Agencia Literaria Carmen Balcells, S.A.

이 책의 한국어 판 저작권은
Agencia Literaria Carmen Balcells, S.A.와 독점 계약한
(주)민음사 에 있습니다.

저작권법에 의해 한국 내에서 보호를 받는 저작물이므로
무단 전재와 무단 복제를 금합니다.

사랑과 다른 악마들

Del amor y otros demonios

가브리엘 가르시아 마르케스 장편소설

우석균 옮김

민음사

눈물로 목욕을 한
카르멘 발세이스에게

머리카락은 신체의 다른 부분보다
훨씬 부활이 늦은 것 같다.

토마스 아퀴나스,
『부활한 육체의 완전성에 대해』
(문제 80, 5절)

차례

사랑과 다른 악마들　11
작품 해설　　　187

1949년 10월 26일은 별다른 기삿거리가 없었던 날이다. 내가 리포터로서 처음 기사를 썼던 신문사의 편집국장 클레멘테 마누엘 사발라는 두서너 가지 통상적인 지시를 하고 아침 회의를 마쳤다. 편집국 직원 중 그 누구에게도 구체적인 업무를 맡기지 않았던 것이다. 몇 분 후 국장은 전화를 하다가 산타클라라회*의 옛 수녀원에서 납골묘를 비우는 작업이 진행되고 있다는 것을 알게 되었다. 그리고 별다른 기대 없이 내게 지시했다.

"거기 한 바퀴 돌면서 기삿거리 좀 생각해 보게."

한 세기 전에 병원으로 변한 유서 깊은 산타클라라 수녀원이 매각되어 그 자리에 별 다섯 개짜리 호텔이 들어설 예정이었다. 수녀원의 지붕이 점점 허물어지면서 훌륭했던 예배당은 그 모습을 바깥에 거의 드러냈다. 하지만 예배당 내 납골묘에는 3대에 걸친 주교와

---

* 성 클라라 수녀회를 말한다.

수녀원장, 유지들이 잠들어 있었다. 처음 착수할 공사는 납골묘를 비우고, 유해를 요구하는 이들이 있으면 넘겨주고 나머지 유해는 한 구덩이에 합장하는 일이었다.

나는 원시적인 공사 방법에 놀랐다. 인부들은 크고 작은 곡괭이로 석실 뚜껑을 깨고, 움직이기만 해도 부서져 버리는 썩은 관을 꺼냈다. 그러고는 옷 조각과 푸석푸석한 머리카락이 뒤범벅된 먼지 부스러기에서 뼈를 수습했다. 죽은 사람이 저명한 인물일수록 작업이 어려웠다. 보석이 달렸거나 호화로운 자수가 놓인 의복을 건지기 위해 유골을 들쑤시고 가루를 섬세하게 걸러야 했기 때문이다.

공사 감독은 공책에 비문을 옮겨 적고 유골을 정리하여 따로따로 쌓아 두었다. 그러고는 혼동되지 않도록 이름을 적은 종이를 그 위에 놓아두었다. 그래서 예배당에 들어갔을 때 길게 도열된 유골 무더기들이 맨 처음 내 눈을 사로잡았다. 천장에 여기저기 난 구멍으로 쏟아지는 햇볕이 유골들을 달구었고, 그 위에는 연필로 이름만 달랑 써 놓은 종이쪽지만이 유골 주인이 누군지 알려 주고 있었다. 세월이 얼마나 속절없이 흐르는지를 보여 준 잔인한 증거였기에 거의 반세기가 지났는데도 나는 그때 받은 충격이 아직도 느껴진다.

그곳에 묻혔던 수많은 사람 중에는 페루 부왕*과 그의 숨겨진 정부, 교구 주교였던 토리비오 데 카세레스 이 비르투데스, 호세파 미란다 수녀를 비롯한 여러 명의 수녀원장, 격자 천장을 만드는 데 반평생을 바친 학사 크리스토발 데 에라소 등이 있었다. 카살두에로

---

* 부왕령을 다스리는 최고 책임자. 스페인은 라틴 아메리카에 처음에는 두 개, 나중에는 네 개의 부왕령을 두고 식민 지배하였다.

후작 2세 이그나시오 데 알파로 이 두에냐스라는 비문이 적힌 납골묘도 있었는데, 열어 보았더니 사용되지 않은 채 비어 있었다. 반면 그의 부인 올라야 데 멘도사의 유해는 그녀의 이름이 새겨진 그 옆의 납골묘에 있었다. 공사 감독은 대수롭지 않게 생각하였다. 크리오요* 귀족들은 무덤을 마련해 놓고도 정작 다른 곳에 묻히는 일이 흔했다는 것이다.

기삿거리는 주 제단의, 성경을 새겨 놓은 쪽에 있는 세 번째 벽감에 있었다. 곡괭이질 한 방에 비석이 박살 났다. 그리고 강렬한 구릿빛의 생생한 머리카락이 납골묘 밖으로 흘러내렸다. 공사 감독은 인부들의 도움을 얻어 머리채를 온전히 꺼내고자 했다. 머리채를 당기면 당길수록 길고 숱이 많은 것 같았다. 머리카락의 마지막 부분을 꺼내고 보니 아직도 소녀의 두개골이 붙어 있었다. 벽감 안에는 작은 뼈 몇 개가 흩어져 있었을 뿐이고, 초석 때문에 군데군데 삭아 버린 비문에서는 이름만 겨우 알아볼 수 있었다. 시에르바 마리아 데 토도스 로스 앙헬레스라고 적혀 있었으며 성은 새겨져 있지 않았다. 그 멋들어진 머리카락을 바닥에 펼쳐 보니 22미터 11센티였다.

공사 감독이 담담하게 설명을 해 주었다. 인간의 머리카락은 죽은 후에도 한 달에 1센티씩 자라기 때문에, 200년이 된 시신의 머리카락이 22미터면 지극히 평균적으로 자란 셈이라는 것이다. 그러나 내게는 그 일이 대수롭게 여겨지지 않았다. 어렸을 때 할머님이 머리카락을 웨딩드레스처럼 땅바닥에 끌고 다니던 열두 살 먹은 후작 딸에 대한 전설을 이야기해 주곤 했기 때문이다. 그 소녀는 개한테

---

* 식민지에서 태어난 백인의 후손.

물려 광견병에 걸려 죽었고, 많은 기적을 행하여 카리브 해 일대에서 숭배를 받았다. 나는 그날 그 무덤이 후작 딸의 것일지도 모른다는 기사를 썼고, 그런 생각이 이 책의 기원이 되었다.

가브리엘 가르시아 마르케스
카르타헤나에서, 1994

1

 이마에 하얀 반점이 있는 회색빛 개가 12월의 첫 번째 일요일에 시장통에 뛰어들어 튀김 탁자를 뒤엎고, 복권 가게 천막과 인디오* 들의 좌판을 난장판으로 만들고, 내친김에 지나가는 행인 네 명을 물었다. 그중 세 명은 흑인 노예였다. 또 다른 한 명은 카살두에로 후작의 외동딸 시에르바 마리아 데 토도스 로스 앙헬레스였다. 소녀는 물라토 하녀와 함께 자신의 열두 살 생일잔치에 쓸 방울 꾸러미를 사러 가던 참이었다.

 두 사람은 시장 입구를 넘어서지 말라는 지시를 받았다. 하지만 하녀는 기니에서 끌고 온 노예들을 매매하는 노예항의 떠들썩함에 이끌려 빈민가인 겟세마니의 가동교(可動橋)까지 가는 모험을 감행했다. 항해 중 의문의 떼죽음이 발생한 카디스 흑인 회사의 배는 일주일 전부터 요주의 입항 대상이었다. 그 배는 사실을 은폐하려고

---

* 라틴 아메리카 원주민을 지칭한다.

시체들을 바다에 내던졌는데 그만 돌을 매달지 않았다. 그래서 수면으로 떠오른 시신들이 동 틀 무렵 해변까지 밀려왔다. 시신들은 물에 퉁퉁 붇고 거무죽죽해서 흉측하기 짝이 없었다. 아프리카 역병이 발생한 것일지도 모른다는 주민들의 두려움 때문에, 썩은 피암브레*로 인해 발생한 식중독이었다고 판명될 때까지 그 배는 항만 밖에 정박해야만 했다.

개가 시장을 지나던 시각에는 살아남은 노예들에 대한 경매가 거의 끝나 있었다. 노예들의 건강 상태가 말이 아니라 후한 값을 받지 못하자, 노예 상인들은 열 상품 부럽지 않은 상품 하나로 손실을 만회해 보려고 애를 쓰고 있었다. 키가 7쿠아르타**나 되고, 고급 화장품 오일 대신 당밀로 반드르르하게 윤기를 내고, 믿기지 않을 만큼 뇌쇄적인 아름다움을 지닌 아비시니아*** 여인이었다. 콧날도 오뚝하고 얼굴은 갸름하며 시선은 단정하고 치아는 가지런하며 몸매는 고대 로마의 검투사처럼 잘빠졌다. 그녀에게는 족쇄도 채우지 않았을 뿐만 아니라 나이나 건강 상태에 대해서 외치지도 않았다. 아름다움 하나만으로 경매에 부친 것이다. 지사가 현찰로 에누리 없이 그녀를 사들였는데, 그 가격은 자그마치 그녀 몸무게만큼의 금이었다.

주인 없는 개들이 고양이를 쫓아다니다가, 혹은 길에 떨어진 고기 조각을 놓고 새들과 다투다가 사람을 무는 일은 다반사였다. 포르토벨로**** 장으로 향하는 갤리 선단이 지나는 흥청거리고 북적대는 시기에는 특히 그런 일이 잦았다. 하루에 네다섯 명쯤 개에게 물

---

* 고기나 생선을 조리한 후 차게 식혀서 먹는 음식.
** 1쿠아르타는 한 뼘 정도의 길이다.
*** 에티오피아의 옛 명칭.

린다고 해서, 더구나 시에르바 마리아처럼 왼쪽 복사뼈에 표도 나지 않는 상처가 난다고 해서 잠 못 이루는 사람은 없었다. 그래서 하녀도 소녀가 개에 물린 일을 대수롭지 않게 여겼다. 손수 레몬과 유황을 써서 치료해 주고 치마에 얼룩진 핏자국을 씻어 냈을 뿐이다. 그러고는 다들 소녀의 열두 번째 생일잔치만 생각했다.

 소녀의 어머니이자, 비록 후작 부인 칭호는 얻지 못했어도 카살두에로 후작의 부인인 베르나르다 카브레라는 그날 새벽 드라마틱한 설사약을 먹었다. 안티몬 일곱 알을 장밋빛 설탕과 섞어 먹었던 것이다. 그녀는 천박한 메스티소 여인으로 소위 말하는 진열장 귀족, 즉 가짜 귀족이었다. 매혹적이고 탐욕스럽고 수다스러우며, 능히 대대 병력을 만족시킬 만큼 굶주린 하복부를 지녔다. 그러나 당밀과 초콜릿을 하도 먹어 대는 바람에 세상에서 잊힌 존재가 되었다. 집시 눈동자처럼 초롱초롱하던 눈동자는 흐리멍덩해지고, 총기도 사라지고, 피똥을 싸고 위산까지 게워 냈다. 왕년의 인어 몸매도 사흘 지난 시신처럼 팅팅 붓고 거무죽죽해졌다. 게다가 마스티프종 사냥개들까지 기절초풍할 정도로 우렁차고 고약한 방귀를 뀌어 댔다. 거의 침실에서 나오지도 않았지만, 어쩌다 나와도 벌거벗고 어슬렁거리거나 헐렁한 가운만 달랑 걸쳐서 알몸일 때보다 더 벗어젖힌 느낌을 주었다.

**** 파나마 운하의 카리브 해 출구 인근 도시로, 식민 시대 남미에서 생산되는 은의 집산지였다. 정기적으로 갤리 선단이 상선을 호위하고 포르토벨로에서 스페인으로 은을 운반했고, 이때마다 큰 장이 섰다. 상선들이 싣고 온 각종 상품과 은을 교환하기 위해 열린 장이었다. 1738년 갤리 선단 제도가 폐지될 때까지 포르토벨로는 중요한 상업 도시였다.

시에르바 마리아와 함께 간 하녀가 돌아왔을 때 그녀는 이미 일곱 번이나 거나하게 설사를 한 참이었다. 하녀는 아이가 개에게 물린 이야기는 하지 않고 항구의 노예 매매 스캔들에 대해서만 이야기했다. 베르나르다가 말했다.

"그렇게 아름답다면 아비시니아 여인일 수도 있어."

그러나 시바의 여왕이라 한들 아무렴 몸무게만큼의 금을 주고 살 사람은 없을 것 같았다.

"금화로 지불했다는 말이겠지."

"아닙니다. 그 여자 몸무게만큼 금을 줬다니까요."

"키가 7쿠아르타면 몸무게는 55킬로그램을 웃돌 텐데. 다이아몬드 똥을 싼다면 모를까, 세상에 검둥이든 백인이든 금 55킬로그램짜리 여자가 어디 있어."

노예무역에서 베르나르다만큼 머리가 잘 돌아가는 사람은 일찍이 없었다. 그래서 지사가 아비시니아 여인을 샀다면 거룩하게 부엌에서 부려먹으려는 것이 아님을 알고 있었다. 바로 그때 잔치를 알리는 치리미아*와 폭죽 소리가 들리고, 이어서 갇혀 있던 사냥개들이 야단법석을 떨었다. 베르나르다는 무슨 일인가 싶어 오렌지 나무가 있는 텃밭으로 나갔다.

카살두에로 후작 2세이자 다리엔**의 영주인 이그나시오 데 알파로 이 두에냐스 역시 오렌지 나무 두 그루 사이에 걸어 놓은 낮잠용 해먹에서 음악 소리를 들었다. 그는 음산한 사람이었다. 피부도 꺼

---

* 피리와 유사한 취주 악기.
** 현재 파나마에 속한 도시다.

칠한 데다가, 잠을 자는 동안 박쥐들이 피를 빨아 먹어 백합처럼 창백했다. 집 안에서도 베두인들의 젤라바*를 걸치고, 그의 처량한 몰골을 더 두드러지게 할 뿐인 톨레도** 모자도 썼다. 그는 신이 이 세계로 내보냈을 때의 모습을 한 부인을 보고 먼저 물었다.

"이게 웬 음악 소리요?"

"저도 모르겠어요. 오늘이 며칠이죠?"

후작은 그날이 며칠인지 몰랐다. 그가 부인에게 질문을 다 한 걸 보니 정말로 놀란 모양이었다. 베르나르다도 빈정대지 않고 대답한 걸 보니 속이 많이 가라앉은 듯했다. 후작이 영문을 몰라 해먹에 앉았을 때 폭죽 소리가 다시 울렸다. 후작이 외쳤다.

"제기랄, 도대체 오늘이 며칠이야!"

후작의 집은 디비나 파스토라 여자 정신병원과 붙어 있었다. 음악과 폭죽 소리에 난리가 난 수감자들이 오렌지 밭에 면한 테라스로 나와 폭죽이 터질 때마다 박수갈채를 보냈다. 후작은 잔치가 어디에서 열리는지 소리쳐 물었고, 정신병자들이 그의 의문을 풀어 주었다. 그날은 성 암브로시오 주교의 날인 12월 7일이고, 시에르바 마리아를 축하하는 음악과 폭죽이 노예들의 뜰에서 울려 퍼지고 있었다. 후작은 손바닥으로 이마를 탁 쳤다.

"그렇군. 몇 살이 된 거지?"

"열두 살이요."

"이제 겨우 열두 살인가? 세월이 어찌 이리 더딘지!"

---

* 두건 달린 상의.
** 스페인 중부의 도시.

해먹에 다시 누운 후작이 말했다.

후작의 집은 18세기 초까지만 해도 이 도시의 자랑이었다. 그러나 지금은 흉물스럽고 을씨년스러웠다. 휑한 공간도 많고 아무렇게나 널려 있는 물건도 많아서 마치 이사 중인 집 같았다. 응접실에는 바닥의 체크무늬 대리석과, 거미줄이 쳐진 유리 샹들리에 몇 개가 여전히 남아 있었다. 아직 사용하는 방들은 오랜 세월 두꺼운 석조 벽에 둘러싸여 있었던 데다가 12월의 미풍이 휘익 소리를 내며 틈새로 들어와서 늘 선선했다. 나른함과 어둠 때문에 집 전체가 숨 막히는 눅진함으로 가득 찼다. 후작 1세 시절 가문의 영광에서 남은 것이라고는 밤을 수호하는 다섯 마리 사냥개들뿐이었다.

시에르바 마리아의 생일을 축하하고 있는 시끌시끌한 노예들의 뜰은 후작 1세 시절에는 도시 안의 또 다른 도시였다. 후작 2세 시절에도 베르나르다가 마아테스의 제당소에 앉아 노예와 밀가루 밀거래를 계속할 때까지는 그랬다. 그러나 지금은 모든 영광이 옛일이 되었다. 베르나르다는 끝없는 식탐 때문에 잊힌 존재가 되었고, 칙칙한 야자수 잎 지붕의 목조 움막 두 동만 남은 뜰은 마지막 영광의 잔영조차 소진되었다.

죽기 직전까지 강철같이 집안을 다스린 자부심 강한 흑인 노예 도밍가 데 아드비엔토는 그 두 세계의 연결 고리였다. 키가 크고 깡마르며 선견지명이 있다 싶을 정도로 총명한 그녀가 시에르바 마리아를 양육했다. 그녀는 아프리카의 요루바 신앙을 포기하지 않으면서도 가톨릭 신자가 되어 동시에 두 가지 신앙생활을 자유분방하게 했다. 한쪽 종교에서 모자란 것을 다른 종교에서 발견할 수 있었기에 자신의 영혼은 지극히 평화롭다고 말하곤 했다. 그녀는 또한 후작과 그 부인을 중재할 만한 권위를 지닌 유일한 사람이었고, 후작 부부도 그녀의 말만은 존중했다. 빈방에서 소돔의 타락을 연출하거나 간음을 저지르는 노예들을 도밍가만이 빗자루를 휘둘러 내쫓을 수 있었다. 그러나 그녀가 죽은 뒤부터 노예들은 한낮의 더위를 피해 움막에서 도망을 쳐서는, 아무 데서나 바닥에 퍼질러져 냄비 바닥을 박박 긁으며 식사를 하거나 서늘한 복도에서 노닥거렸다. 아무도 자유롭지 않은 그 억눌린 세계에서 시에르바 마리아는 자유를 누렸다. 오직 소녀만이 누리는 자유였고 오로지 노예들의 뜰에서만 가능한 자유였다. 그래서 바로 그 세계, 소녀의 진정한 집에서 소녀의 진정한 가족과 함께 잔치를 여는 것이었다.

다른 유지들 집의 노예 몇 명도 저마다 재주껏 분위기를 고조시키고 음악이 넘쳐흐르는데도 춤판은 흥이 나지 않았다. 시에르바 마리아는 평소의 끼를 발휘했다. 아프리카 노예들보다 더 매혹적으로 신명 나게 춤추고, 노래를 부를 땐 목소리를 바꿔 가며 여러 아프리카 언어를 구사하거나, 새나 동물까지 당황시킬 만큼 흡사한 소리를 냈다. 도밍가의 지시로 젊은 여자 노예들은 시에르바 마리아의 얼굴을 검은 물감으로 칠해 놓았고 소녀의 세례 목걸이 위에는 산테리아* 목걸이를 걸어 주었다. 걷는 데 거추장스러운 머리카락 시중도 들었다. 소녀는 태어나서 머리를 한번도 자르지 않은 데다가 그날은 여느 때와 달리 머리를 땋지도 않았던 것이다.

시에르바 마리아는 서로 적이나 다름없는 후작 부부 사이에서 한창 피어나고 있었다. 어머니는 거의 닮지 않았다. 반면 아버지로부

---

* 아프리카에 뿌리를 둔 카리브 해 종교의 일종.

터는 깡마른 몸, 지독한 소심함, 창백한 피부, 적막한 푸른 눈, 강렬한 갈색 모발을 물려받았다. 소녀는 너무나 조용해서 투명 인간 같았다. 소녀가 하도 별나서 겁이 덜컥 난 베르나르다는 어두운 집 안에서 딸이 어디 있는지 알 수 있도록 소매에 방울을 매달기도 했다.

생일잔치가 열린 지 이틀 후에 하녀는 시에르바 마리아가 개에게 물린 일을 무심결에 베르나르다에게 말했다. 그녀는 잠자리에 들기 전 뜨뜻한 물에서 향기로운 비누로 여섯 번째 목욕을 할 때까지는 그 일을 기억했지만, 침실로 되돌아갔을 때는 이미 잊어버렸다. 사냥개들이 특별한 이유 없이 밤새 짖어서 광견병에 걸린 것 아닐까 걱정하게 된 다음 날 저녁에야 그 사실을 기억해 냈다. 그래서 촛대를 들고 뜰에 있는 움막으로 갔다. 도밍가에게 물려받은 야자수 잎 해먹에서 자고 있는 딸이 보였다. 어디를 물렸는지는 하녀가 말해 주지 않았기 때문에 베르나르다는 딸의 옷을 들추고 불빛을 비추며 사자 꼬리처럼 몸을 휘감고 있는 머리카락을 따라 찬찬히 살펴보았다. 마침내 물린 자국을 발견했다. 왼쪽 복사뼈에 이미 딱지가 앉은 상처가 있었고 발뒤꿈치에는 보일 듯 말 듯한 상처가 몇 군데 있었다.

카르타헤나 시의 역사에서 광견병은 종종 발생했고 파장도 만만치 않았다. 가장 떠들썩한 사건은 마치 인간처럼 길들인 긴꼬리원숭이를 데리고 거리를 누비던 장돌뱅이의 경우였다. 그 원숭이는 영국 함대가 포위하고 있는 동안 광견병에 걸려, 주인 얼굴을 깨물고 인근 언덕으로 도망쳤다. 사람들은 이성을 잃고 살기등등하게 몽둥이 세례를 퍼부어 그 가련한 장돌뱅이를 죽여 버렸다. 그 이야기가 노래로 만들어져 한참이 지난 후에도 어머니들이 아이를 겁줄 때 불렀을 정도였다. 두 주일이 채 지나기 전, 악귀 같은 늘보원숭이 떼가 벌건 대낮에 산에서 내려왔다. 원숭이들은 돼지우리와 닭장을 쑥대밭으로 만들고는, 영국 함대를 패퇴시킨 데 대해 감사 미사를 드리고 있던 대성당에 난입해 입에 게거품을 물고 괴성을 질렀다. 그러나 가장 끔찍한 일은 흑인들 사이에서 일어났기에 공식 역사에 기록되지는 않았다. 흑인들은 원숭이에게 물린 동족을 아프리카 주술로 치료하려고 도망친 노예들의 부락으로 그들을 빼돌렸다.

그런 일을 숱하게 겪어 왔는데도, 확연히 드러나는 최초의 징후가 발생하지 않으면 백인이든 흑인이든 인디오이든 간에 광견병이나 혹은 기타 잠복기가 긴 질병의 가능성에 대해서 생각하지 않았다. 베르나르다도 마찬가지였다. 그녀는 기독교도보다는 노예들이 지어내는 이야기가 더 빨리, 더 멀리 퍼지며, 단지 개에게 물리는 것만으로도 가문의 명예에 누가 될 수 있다고 생각했을 뿐이다. 너무도 생각이 확고하여 딸이 개에게 물린 일에 대해 남편에게 이야기하지 않았을 뿐만 아니라, 하녀가 시장에 갔다가, 광견병으로 죽었음을 알리고자 아몬드 나무에 매단 개의 사체를 본 그다음 일요일까지 소녀 일에 대해 기억조차 하지 못했다. 하녀는 개의 사체를 보자마자 시에르바 마리아를 물었던, 이마에 하얀 반점이 있는 회색빛 개라는 것을 알아챘다. 그러나 베르나르다에게 그 이야기를 해 주었을 때 그녀는 걱정하지 않았다. 걱정할 이유가 없었다. 소녀가 물린 곳에서는 농이 흐르지 않았고 상처마저 사라졌기 때문이었다.

12월이 시작될 때는 날씨가 나빴지만 이내 자수정 같은 오후와 환장할 듯한 미풍이 부는 밤 날씨를 회복했다. 크리스마스는 스페인에서 날아든 좋은 소식으로 여느 해보다 즐거웠다. 그러나 카르타헤나는 옛날의 그 도시가 아니었다. 노예 시장의 중심은 이미 아바나로 옮겨갔고, 라틴 아메리카 대륙의 광산주나 농장주들은 노동력을 차라리 영국령 앤틸리스에서 저렴한 가격에 밀수해 왔다. 그래서 두 개의 도시가 존재했다. 항구에 갤리 선단이 머무는 6개월 동안은 인파가 넘쳐나는 흥겨운 도시였고, 나머지 기간에는 갤리 선단이 다시 돌아오기만을 기다리는 몽롱한 도시였다.

1월 초까지는 개에게 물린 사람들에 대해 더 이상 알려지지 않았다. 그런데 어느 날 사군타라는 이름의 떠돌이 인디오 여자가 성스러운 낮잠 시간에 후작 저택의 문을 두드렸다. 그녀는 꼬부랑 할망구로, 지팡이를 짚고 머리부터 발끝까지 하얀 시트를 두르고 뜨거운 태양 아래 맨발로 다녔다. 그녀는 가망 없는 병자도 낫게 하는 인디오의 비법을 알고 있다는 명성도 지녔지만, 처녀막 수술을 하고 낙태를 시킨다는 악명도 떨치고 있었다.

후작은 현관에 서서 마지못해 그녀를 맞았지만 그녀가 무엇을 원하는지 이해하는 데는 한참이 걸렸다. 노파에겐 뜸을 오래 들이면서 빙빙 돌려 말하는 버릇이 있기 때문이었다. 그녀가 너무도 말을 돌리는 바람에 후작은 인내심을 잃었다.

"무슨 일인지 간단히 말해 주시오."

"우리는 광견병의 위협을 받고 있습니다. 그리고 사냥꾼의 수호성자이고 광견병자의 치료자인 성 우베르토의 열쇠는 저만이 가지고 있습니다."

"광견병이 돌 이유가 없소. 혜성이나 일식이 광견병을 예고한 것도 아니고, 내가 알기로는 신이 신경 쓸 만큼 우리가 그리 큰 잘못을 저지르지도 않았소."

사군타는 후작에게 3월에 개기 일식이 있을 거라고 알려 주고, 12월의 첫 번째 일요일에 개에게 물린 사람들에 대한 소식을 소상히 전해 주었다. 두 사람은 실종되었는데 틀림없이 가족이 주술 치료를 하려고 빼돌렸을 것이고, 세 번째 사람은 12월 둘째 주에 광견병으로 죽었다. 네 번째 사람은 물린 것이 아니라 그에게 개의 침만 튀었을 뿐인데도 현재 하느님의 사랑 병원에서 죽어 가고 있었다. 지사는 12월 내내 주인 없는 개 수백 마리를 독살했다. 한 주일만 더 하면 개의 씨가 마를 정도였다. 후작이 말했다.

"어쨌든 나하고 무슨 상관이란 말이오. 더구나 이런 터무니없는 시간에."

"후작님의 따님이 첫 번째로 물린 사람입니다."

후작이 확신에 넘쳐 말했다.

"그랬다면 내가 제일 먼저 알았을 것이오."

후작은 딸이 건강하다고 믿었다. 또한 자신도 모르는 그런 심각한 일이 발생했으리라고 생각지 않았다. 그래서 방문자를 물리고 낮잠을 마저 자러 갔다.

그렇지만 후작은 그날 오후 노예들의 뜰에서 시에르바 마리아를 찾았다. 소녀는 얼굴을 검게 칠하고, 여자 노예들이 쓰는 울긋불긋한 터번을 머리에 두르고, 맨발인 채로 토끼의 가죽을 벗기는 일을 돕고 있었다. 후작은 개에게 물린 것이 사실이냐고 물었고, 소녀는 천연덕스럽게 아니라고 했다. 그러나 그날 밤 베르나르다가 사실이라고 말했다. 후작이 어리둥절해서 물었다.

"그런데 왜 시에르바 마리아는 아니라고 하오?"

"그 아이는 실수로라도 곧이곧대로 말하는 법이 없거든요."

"그렇다면 조치를 취해야만 하오. 그 개는 광견병에 걸려 있었소."

"천만에요. 개가 시에르바 마리아를 무는 바람에 죽게 된 것이나 아닌지 모르겠어요. 12월에 일어난 일인데 이 맹랑한 아이는 꽃처럼 싱싱하거든요."

부부는 전염병의 심각성에 관해 증폭되고 있는 소문에 신경을 곤두세웠다. 그리고 마지못해서, 서로 덜 증오하던 시절처럼 공동의 문제에 대해 다시 대화를 나누어야 했다. 후작에게 사태는 분명했다. 늘 딸을 사랑한다고 믿었건만, 광견병에 대한 두려움으로 인해 여태껏 그냥 편하게 자기 자신을 속여 왔다는 사실을 내심 실토할 수밖에 없었다. 반면 베르나르다는 그런 것을 자문하지도 않았다. 자신이 딸을 사랑하지 않으며, 딸도 자신을 사랑하지 않는다는 사실을 분명히 인식하고 있었기 때문이다. 두 가지 다 그녀에게는 정당한 것이었다. 부부가 딸에게 느끼는 증오의 상당 부분은 시에르바 마리아가 양쪽을 모두 닮았다는 사실에서 왔다. 베르나르다는 딸에게 증오심을 느끼면서도 소녀가 가문의 체통을 손상하지 않고 죽어준다면야 개인적인 체면치레로 눈물 쇼를 하고 고통에 찬 어머니가 될 용의가 있었다. 그녀가 단언했다.

"광견병으로만 아니면 어떻게 죽든지 상관없어요."

후작은 그 순간 마치 하늘의 계시라도 받은 양 무엇이 자신의 삶의 의미인지를 깨닫고 결연히 말했다.

"아이는 죽지 않을 거요. 죽을 수밖에 없다면 신의 섭리일 거요."

후작은 화요일에 사군타가 언급한 광견병자를 보러 산라사로 언덕에 있는 하느님의 사랑 병원으로 갔다. 상장(喪章)을 한 자신의 마차가, 바야흐로 잉태되고 있는 불행의 징후처럼 보일 것이라는 생각은 하지 못했다. 아주 특별한 일 아니면 외출하지 않은 지 오래고, 불행한 일 외에는 특별한 일이 생기지 않은 지 역시 오래라 계속 마차에 상장을 달고 있었던 것이다.

도시는 몇 세기 동안 무기력증에 빠져 있었지만, 태피터 상복을 입고 있어서 남자인지 여자인지도 모를 사람의 핏기 없는 얼굴이나 몽롱한 눈을 흘끔거릴 이들은 여전히 존재했다. 마차는 성곽을 나서서 들판을 가로질러 산라사로 언덕으로 갔다. 병원에서 벽돌 바닥에 널브러져 있던 문둥병자들이 저승사자처럼 성큼성큼 들어오는 후작을 보더니 앞을 가로막고 구걸을 했다. 바로 옆의 정신병자 병동에는 광견병 환자가 기둥에 묶여 있었다.

머리도 수염도 하얗게 센 물라토 영감이었다. 이미 반신불수가 되어 있었지만, 나머지 절반의 몸이 하도 심하게 발작을 일으켜 천상 묶어 두어야만 몸이 으스러져라 벽을 들이받는 것을 막을 수 있었다. 시에르바 마리아를 문 바로 그 하얀 반점 회색빛 개가 그 영감도 문 것이 틀림없었다. 물었다고는 하지만 사실상 침만 묻혔을 뿐이었다. 다만 개의 침이 건강한 피부에 묻은 것이 아니라 오래전부터 종아리에 나 있던 종기에 묻었다. 그 사실이 후작에게 별로 위안이 되지는 못했다. 그는 죽어 가는 사람의 모습과 단 한 줄기 희망의 빛조차 없는 시에르바 마리아 때문에 소름이 끼쳐 병원을 빠져나왔다.

언덕길을 따라 도시로 돌아가던 중 후작은 풍채 좋은 사람 하나가 죽은 말 옆에서 돌멩이 위에 앉아 있는 것을 보았다. 후작은 마차를 멈추게 했다. 그 사람이 일어났을 때에야 도시에서 가장 유명하고 논란의 대상인 아브레눈시우 드 사 페레이라 카웅이라는 것을 알게 되었다. 그의 모습은 트럼프 속의 왕과 같았다. 햇빛을 가리기 위해 큼지막한 챙이 달린 모자를 쓰고, 승마용 장화를 신고, 자유분방한 먹물들이 즐겨 입는 검은 망토를 걸치고 있었다. 그가 후작에게 라틴어로 희한한 인사를 건넸다.

"진리의 이름으로 오는 이는 거룩하도다."

의사의 말은 경쾌하게 올라갔던 바로 그 길을 내려오다 견디지 못하고 심장이 터져 버렸다. 후작의 마부 넵투노가 죽은 말의 안장을 벗기려 하자 말 주인이 제지했다.

"말도 없는데 안장이 무슨 소용 있겠나. 그냥 말라서 같이 썩게 내버려두라고."

마부는 아기처럼 투실투실한 의사가 마차에 오르는 걸 부축해야 했다. 후작은 그를 특별히 자기 오른쪽 자리에 앉게 했다. 아브레눈시우는 말을 생각하며 한숨지었다.

"마치 내 몸뚱이 절반이 죽어 버린 것 같습니다."

"말의 죽음처럼 쉽게 처리할 수 있을 일이 또 있으려고요."

아브레눈시우가 말을 받았다.

"이 말은 달랐습니다. 할 수만 있다면 성스러운 땅에 묻어 주겠소."

의사는 후작을 쳐다보며 반응을 기다리다 말을 맺었다.

"10월에 백 살이 된 말입니다."

"그렇게 오래 사는 말은 없을 텐데요."

"입증할 수 있어요."

아브레눈시우는 화요일마다 하느님의 사랑 병원에서 각종 질병에 시달리는 문둥병자들을 돌보았다. 그는 자신과 마찬가지로 스페인에서 쫓기다 카리브 해로 이주한 유대계 포르투갈인 주앙 멩데스 니에투의 명석한 학생이었다. 강신술사요 독설가였던 스승의 악명을 고스란히 물려받았지만 그 누구도 아브레눈시우의 식견에 토를 달지는 않았다. 그의 놀라운 진단 능력이나 독특한 치료법을 용납 못 하는 다른 의사들과의 논쟁은 일상적인 일이었고 아주 격렬했다. 아브레눈시우는 1년 1회 복용으로 건강을 조율하고 수명을 연장하는 알약을 발명했다. 하지만 처음 사흘간은 판단력이 마비되기 때문에, 그 자신 말고는 누구도 약을 복용하려 하지 않았다. 환자의 머리맡에서 하프를 타며 음악 요법으로 환자들을 안정시키던 시절도 있었다. 외과 수술은 라틴어 교사와 이발사의 저급한 기예라 하여 행하지 않았고*, 그의 공포의 주특기는 환자에게 죽을 날, 죽을 시를 예언하는 일이었다. 그러나 사실 그의 명성도 또 그의 악명도 모두 동일한 사안에 기초했다. 죽은 사람을 되살렸다는 풍문이었는데, 이에 대해서는 결코 아무도 부정하지 않았다.

풍부한 경험에도 불구하고 아브레눈시우는 광견병자 때문에 몸서리를 치고 있었다.

"인간의 육체는 주어진 수명을 감당할 만큼 제대로 만들어지지 않았답니다."

후작은 의사의 상세하면서도 생생한 이야기를 한마디도 놓치지 않았다. 그리고 의사가 더 할 말이 없어졌을 때 비로소 물었다.

"그 불쌍한 작자에게 무엇을 해 줄 수 있을까요?"

"죽여 줘야죠."

---

* 이발사가 외과 의사를 겸한 시절이 있었다.

후작이 깜짝 놀라 의사를 쳐다보았다. 의사가 담담하게 말을 이었다.
"우리가 선량한 기독교인이라면 적어도 그렇게 해 줘야 합니다. 그런데 놀라지 마십시오. 선량한 기독교인은 생각보다 많답니다."
의사가 언급하는 그 기독교인은 사실 변두리와 농촌의 가난한 유색 인종 기독교도들이었다. 그들은 광견병에 걸린 사람이 죽음의 공포에서 해방되도록 음식에 독을 넣는 용기를 지니고 있었다. 지난 세기말에는 한 가족 전체가 독약을 탄 수프를 먹은 일이 있었다. 다섯 살 난 아이에게만 독약을 먹일 강심장을 지닌 이가 식구 중에 없어서였다.
아브레눈시우가 결론지었다.
"그런 일이 있다는 사실을 우리 의사들이 모르는 줄 알고들 있죠. 하지만 그렇지 않아요. 다만 그런 일을 지지할 윤리적 권능이 없을 뿐입니다. 대신 우리 의사들은 죽어 가는 사람에게 당신이 막 목격한 일을 해 주죠. 성 우베르토에게 그들을 맡기고 기둥에 묶어 놓아 더 끔찍하고 천천히 죽어 가도록 하는 일 말입니다."
"다른 방도는 없습니까?"
"일단 발작이 시작되면 방도가 없습니다."
의사는 우산이끼, 진사, 사향, 수은, 자주색 뚜껑별꽃 등등의 다양한 처방을 들먹이며 광견병을 치료 가능한 병으로 간주하는 낙천적인 저술들에 대해 이야기했다.
"다 잡소리죠. 광기가 나타나는 사람이 있는가 하면 그렇지 않은 사람도 있을 뿐입니다. 광기가 나타나지 않은 사람이 이러저러한 약의 효능을 보았다고 떠벌리는 건 쉬운 일입니다."

의사는 후작이 깨어 있기나 한 건가 싶어 눈을 쳐다보았다.

"대체 왜 그렇게 관심이 많으시죠?"

후작이 거짓말을 했다.

"자비심 때문에요."

후작은 창문을 통해 오후 4시의 무료함에 몽롱해진 바다를 응시했다. 마음이 답답한 와중에 제비가 돌아왔다는 사실을 깨달았다. 아직 미풍이 일지 않았다. 아이들이 갯벌에 빠진 펠리컨을 돌팔매질로 잡으려 했다. 후작은 도망쳐 날아오르는 펠리컨이 요새화된 도시의 번쩍거리는 돔 지붕 사이로 마침내 사라질 때까지 바라보았다.

마차가 메디아 루나 문을 통해 성곽 안으로 들어갔다. 아브레눈시우가 수공예업자들이 사는 번잡한 변두리를 통과해 집으로 가도록 마부에게 길 안내를 했다. 쉬운 일은 아니었다. 넵투노는 일흔이 넘은 데다가 판단력이 흐리고 근시였다. 게다가 자신보다 길을 더 잘 아는 말이 스스로 길을 잡아 가는 데 익숙해 있던 터였다. 마침내 집에 도달했을 때, 아브레눈시우는 문 앞에서 호라티우스의 금언으로 작별 인사를 했다.

후작이 용서를 구했다.

"저는 라틴어를 모릅니다."

"알 필요 있나요."

물론 아브레눈시우는 이 말도 라틴어로 했다.

후작은 의사에게 너무나 좋은 인상을 받아서 집에 돌아오자마자 자신의 인생에서 가장 별난 짓을 했다. 넵투노에게 산라사로 언덕에서 죽은 말을 수습해 성스러운 땅에 묻어 주고, 마구간에서 가장 좋은 말을 다음 날 꼭두새벽에 아브레눈시우에게 보내 주라고 명했던 것이다.

안티몬으로 속을 비우는 것은 효과가 일시적이라, 베르나르다는 하루에 세 번씩 관장제를 사용해 창자에 난 불을 끄거나 향기로운 비누를 푼 뜨거운 물에 하루에 여섯 번씩 몸을 담가 신경을 가라앉혔다. 그래서 막 결혼했을 때의 모습은 전혀 남아 있지 않았다. 그때는 상업적인 모험을 구상하고, 예언자처럼 확고한 신념으로 이를 추진해서 엄청난 결실을 거두었다. 그러나 어느 재수 옴 붙은 날 후다스 이스카리오테*를 알고 나서 불행의 구렁텅이로 굴러 떨어지고 말았다.

베르나르다는 투우 축제에서 그를 우연히 발견했다. 그는 아무런 보호 장비도 없이 거의 맨몸으로, 또 무기도 없이 투우와 결투를 벌이고 있었다. 베르나르다는 그가 너무도 잘생기고 대담무쌍해서 잊을 수가 없었다. 며칠 후 베르나르다는 카니발의 쿰비아** 판에서 그를 다시 보았다. 그녀는 가면 쓴 거지 분장으로 참가했고, 황금 및 보석 목걸이, 팔찌, 귀고리를 한 후작 부인으로 분장한 노예들에게 둘러싸여 있었다. 후다스는 호기심에 찬 사람들에게 뺑 둘러싸여, 그에게 돈을 지불하는 여자들과 춤을 추었다. 그와 춤추고 싶어 안달인 여인네들을 진정시키기 위해 순서를 정해야만 할 정도였다. 베르나르다가 후다스에게 얼마인지 물었다. 후다스가 춤을 추며 대답했다.

"반 레알입니다."

---

* 가롯 유다의 스페인어식 이름.
** 콜롬비아의 민속춤.

베르나르다가 가면을 벗었다.

"한평생 동안 얼마인지 물어본 거야."

후다스는 얼굴을 드러낸 그녀가 보기와는 달리 그렇게 거지 같지 않다는 것을 깨달았다. 그는 춤추던 짝을 버리고, 자신의 값어치를 과시하려고 뱃사람처럼 건들거리며 베르나르다에게 다가왔다.

"금화 500페소입니다."

베르나르다는 빈틈없는 사정관의 눈으로 그를 심사했다. 기골이 장대했고 피부는 물개 같았으며 상체는 울룩불룩했고 엉덩짝은 탄탄했으며 다리는 쭉 뻗고 손은 직업이 무색할 정도로 기품 있었다. 베르나르다가 눈대중을 했다.

"키가 8쿠아르타군."

"그보다 8센티미터 더 크죠."

베르나르다는 치아를 검사하려고 고개를 숙이게 했다. 겨드랑이에서 나는 수내가 그녀를 아찔하게 만들었다. 치아도 빠진 것 없이 튼튼하고 가지런했다.

"말 값을 주고 너를 사려는 사람이 있는 걸 알면 네 주인이 환장하겠군."

"나는 노예가 아니오. 내가 나 자신을 팔고 있을 뿐입니다, 부인."

'부인'이라는 말에 묘한 어조가 담겨 있었다.

"후작 부인이라고 해."

그는 신하의 예를 갖춰 목례를 했다. 이에 숨이 턱 막힌 그녀는 제시한 값의 반값에 그를 사들였다. 시각적 쾌락을 위해 샀다는 것이 그녀의 변이었다. 반값으로 산 대신 자유인의 신분과 투우와 대결할 시간은 존중해 주었다. 베르나르다는 그를 자신의 침실과 가까운 방에 두었다. 원래는 말 시중꾼이 사용하던 방이었다. 그녀는 첫 날 밤부터 벌거벗고 문의 빗장을 풀어놓은 채 그를 기다렸다. 오라고 하지 않아도 제 발로 올 거라고 확신했던 것이다. 그러나 두 주일이나 잠도 제대로 이루지 못하고 몸이 달아올라 기다려야 했다.

 사실 후다스는 그녀가 누군지 알게 되고 저택 내부를 보자마자 마치 노예처럼 그녀와 거리를 두게 되었다. 그러나 베르나르다가 기다리기를 포기하고 슬립 차림으로 잠자리에 들고 방문도 걸어 잠갔을 때 후다스가 창문으로 침입했다. 방 안에 진동하는 수내가 그녀를 깨웠다. 어둠 속에서 그녀를 찾아 헤매는 미노타우로스의 거친 숨결이 느껴졌다. 활활 타오르는 육체가 그녀 위에 올라타더니 억센 손으로 슬립을 목 부분부터 찢어발기면서 귀에다 "갈보 같은 년, 갈보 같은 년." 하고 헐떡거리며 말했다. 그날 밤 베르나르다는 평생 다른 일은 하기 싫으리라는 것을 깨달았다.

 그녀는 후다스에게 환장했다. 두 사람은 밤이면 동네 변두리의 촛불 무도회에 갔다. 그는 베르나르다가 그녀의 취향대로 사 준 연미복과 둥근 모자를 갖춘 신사 차림이었고, 그녀는 처음에는 되는대로 변장을 했지만 나중에는 아예 하지 않았다. 그녀는 후다스에게 금줄, 금반지, 금팔찌 세례를 퍼붓더니 치아에 다이아몬드까지 박아 주었다. 그가 발길에 차이는 모든 여자와 잠자리를 한다는 사실을 알고는 죽고 싶을 지경이었지만 마침내는 여분 인생에 순응했다. 그 시절에 도밍가가 여주인이 제당소에 머물러 있는 줄 알고 낮잠 시간에 방으로 들어왔다가 알몸뚱이로 바닥에서 정사를 나누는 두 사람을 목격했다. 그녀는 놀랐다기보다는 기가 차서 손잡이를 부여잡은 채 그 자리에 서 있었다. 베르나르다가 그녀에게 소리쳤다.

"죽은 사람처럼 거기 그렇게 있지 말고 가 버리든지 아니면 우리와 여기서 뒹굴든지."

도밍가는 문을 쾅 닫고 가 버렸다. 베르나르다는 따귀를 맞은 기분이었다. 그녀는 밤에 도밍가를 불러서, 목격한 것에 대해 한마디라도 발설하면 혹독한 벌을 내릴 거라고 으름장을 놓았다. 노예가 말했다.

"걱정 마십시오, 백인 주인 나리. 제게 무엇이든 금하실 수 있습니다. 저는 다만 주인님의 말을 따를 뿐입니다. 하지만 제 생각까지 금하실 수 없다는 것이 문제죠."

후작이 그 일을 알고 있었다면 모르는 척하기를 백번 잘했다. 결국 부인과의 사이에 남은 것이라고는 시에르바 마리아뿐인 상황이었다. 게다가 그는 소녀를 자신의 딸로 여기지 않고 베르나르다의 딸로 간주했다. 베르나르다는 시에르바 마리아가 누구의 딸인가 하는 생각조차 하지 않았다. 그녀는 딸에게 너무나 무심하여 언젠가 제당소에 오래 머물렀다가 돌아왔을 때는 소녀가 키가 크고 좀 변한 바람에 다른 아이와 혼동했을 정도였다. 딸을 불러 살펴보고 어찌 지내는지 물었지만 단 한마디의 대답도 듣지 못했다. 그래서 소녀에게 말했다.

"네 아버지와 어쩜 그리 똑같니, 팔푼아."

후작이 하느님의 사랑 병원에서 돌아와 앞으로 집안일을 전쟁에 임하듯 챙기겠다는 결정을 베르나르다에게 통보한 날도 부부는 계속 그런 심정이었다. 남편의 득달같은 결정에 어쩌 광기가 엿보여 베르나르다는 아무런 대꾸도 하지 않았다.

후작이 제일 먼저 한 일은 시에르바 마리아의 조모가 사용하던 방에 아이를 다시 되돌려 놓는 일이었다. 시에르바 마리아는 원래 그 방을 썼지만 베르나르다가 소녀를 노예들과 자도록 보내 버렸었다. 방에는 먼지가 쌓이긴 했지만 옛날의 휘황찬란함은 그대로였다. 구릿빛이 너무도 반짝거려 하인들이 금이라고 믿었던 왕후장상의 침대, 새색시용 비단 망사 모기장, 장식 레이스가 달린 호화로운 의상, 새하얀 석고 세면대와 화장대 위에 가지런히 정렬된 수많은 향수병과 화장품, 요강과 타구와 구토용 자기, 류머티즘으로 거동을 못 하게 된 늙은 후작 부인이 결국엔 얻지 못한 딸과 보지도 못한 손녀를 위해 꿈꿨던 상상의 세계였다.

노예들이 침실을 다시 부활시키는 동안 후작은 집안의 법도를 세우는 데 열중했다. 회랑 그늘에서 졸고 있는 노예들을 쫓아내고, 구석에서 볼일을 보거나 폐쇄한 방에서 도박을 하는 이들이 또다시 있으면 채찍과 하옥으로 다스리겠다고 으름장을 놓았다. 새로운 방침은 아니었다. 베르나르다가 집안을 통솔하고 도밍가가 집행하며 후작이 "우리 집에서는 내가 복종하지."라는 역사적인 선언을 하고 그 선언을 공공연히 즐기던 때에는 훨씬 더 엄격하게 지켜지던 일이었다. 그러나 베르나르다가 카카오*의 수렁에 빠지고 도밍가가 죽자, 노예들은 아주 교묘한 방법으로 다시 집 안에 침입하기 시작했다. 먼저 여자 노예들이 집안의 소소한 일을 거들면서 아이들을 집으로 끌어들였고, 그다음에는 게으른 남자 노예들이 복도의 서늘함을 찾아 들어왔다. 몰락의 그림자에 두려움을 느낀 베르나르다는 노

---

* 초콜릿의 원료.

예들더러 거리에서 구걸하여 스스로 먹을 것을 해결하라고 명하였다. 연이은 위기 끝에 한번은 집안일 하는 노예 서너 명만 빼고 모조리 해방해 줄 작정을 했다. 하지만 후작이 터무니없는 이유를 대며 반대했다.

"굶어 죽을 팔자라면 거리에서 죽는 것보다 이 집에서 죽는 것이 낫소."

시에르바 마리아가 개에게 물렸을 때도 후작은 노예 해방이라는 간단한 방법을 따르지 않았다. 자기가 보기에 위엄이 있고 믿을 만한 노예에게 권한을 부여하고 지침을 하달했는데, 너무 엄격한 명령이라 베르나르다까지 놀랐다. 도밍가가 죽은 후 드디어 처음으로 집안에 질서가 잡힌 첫날 밤, 후작은 노예들의 움막에 서로 다른 높이로 교차하여 걸어 놓은 해먹에서 대여섯 명의 노예 틈에 자고 있는 시에르바 마리아를 발견했다. 후작은 새로운 통솔 규범을 알리기 위해 모두 깨웠다.

"오늘부터 아이는 집에서 잘 것이다. 그리고 이곳은 물론 전 왕국에 단 하나의 가문만 존재하고 오직 백인 가문만 존재한다는 사실을 명심들 하여라."

후작이 딸을 팔에 안고 침실로 데려가려 하자 소녀는 저항을 했다. 그래서 후작은 남자들이 세운 질서가 이 세상을 지배한다는 것을 이해시켜야만 했다. 모친의 침실에서 노예 속치마를 잠옷으로 갈아입히는 동안, 시에르바 마리아에게서 단 한마디 말도 끌어낼 수 없었다. 베르나르다는 문에서 두 사람을 바라보았다. 후작은 침대에 앉아서 새 단춧구멍에 들어가지 않는 단추와 씨름하였고, 후작 앞에 선 소녀는 그를 냉랭하게 바라보았다. 베르나르다는 참을 수가 없어

"둘이 결혼이라도 하죠."라고 빈정거렸다. 후작이 들은 척도 하지 않자 또다시 말했다.

"닭다리를 한, 크리오요 후작 딸을 여럿 낳아 서커스에 팔아먹으면 괜찮은 장사일 텐데요."

베르나르다 역시 약간은 변하고 있었다. 잔인하게 웃고는 있지만 표정은 덜 씁쓰름했고, 후작은 알아채지 못했어도 그녀의 사악함 속에 약간의 동정심이 담겨 있었다. 베르나르다가 자리를 뜬 것을 느끼자마자 후작이 아이에게 말했다.

"네 엄마는 도야지야."

시에르바 마리아가 갑자기 흥미로워하는 기색을 보이자 후작이 한마디 대꾸라도 이끌어 낼까 싶어 물었다.

"도야지가 뭔지 아니?"

시에르바 마리아는 대답하지 않았다. 침대에 눕더니 깃털 베개에 머리를 파묻고, 삼나무 냄새가 나는 삼베 시트를 무릎까지 덮을 뿐 후작에게 다정한 눈길 한번 주지 않았다. 그는 퍼뜩 스치는 생각 때문에 전율했다.

"자기 전에 기도는 하니?"

소녀는 쳐다보지도 않았다. 해먹에서 자던 습관 때문에 침대에 태아처럼 몸을 묻고 인사조차 없이 잠들었다. 딸이 자다가 박쥐에게 피를 빨아 먹히지 않도록 후작이 모기장을 세심히 쳤다. 10시가 다 되어 가고 있었다. 노예들을 몰아내 집을 해방했더니만 미친년들 합창 소리에 견딜 수 없었다.

후작이 사냥개들을 풀어 주자 일제히 모친 방으로 몰려가 사납게 헐떡거리며 문틈 사이를 쿵쿵거렸다. 후작이 부드럽게 머리를 긁어 주고 희소식을 들려주며 개들을 달랬다.

"시에르바 마리아란다. 오늘 밤부터 우리와 같이 살 거야."

2시까지 노래를 부른 미친 여자들 때문에 후작은 어설픈 잠을 조금 잤을 뿐이다. 첫닭 소리와 함께 일어나 먼저 아이 방으로 갔다. 시에르바 마리아는 그곳에 있지 않고 노예들의 움막에 있었다. 문가에서 자던 노예가 놀라 깨어나 후작이 묻지도 않는데 말했다.

"주인님, 아가씨께서 스스로 오셨습니다. 저는 오신 줄도 몰랐고요."

후작은 노예의 말이 옳다는 걸 알고 있었다. 그는 시에르바 마리아가 개에게 물렸을 때 같이 간 노예가 누구인지 물었다. 카리다드 델 코브레라는 유일한 물라토 노예가 겁에 질려 벌벌 떨며 나섰다. 후작이 그녀를 진정시키며 말했다.

"네가 도밍가처럼 시에르바 마리아를 돌봐라."

후작은 그녀가 할 일을 설명해 주었다. 한시도 아이에게서 눈을 떼지 말 것이며, 살갑게 또 이해심을 가지고 돌보되 보람을 느끼는 것은 금물이라고 경고했다. 가장 중요한 일은 집과 노예들의 뜰 사이에 칠 가시 울타리를 넘으면 안 된다는 것이었다. 아침에 일어나자마자, 그리고 밤에 잠자기 전에 자신이 묻지 않아도 완벽한 보고를 해야 한다고 명령했다.

"네 할 일이 무엇인지, 어떻게 해야 하는지 똑똑히 명심하도록. 너 혼자만 내 이 명령을 책임지고 완수해야 해."

후작은 아침 7시에 개들을 우리에 넣은 뒤 아브레눈시우의 집으로 갔다. 노예나 하인이 없었기 때문에 의사는 직접 문을 열어 주었다. 후작이 결례를 자책했다.

"방문하기에 적합한 시간은 아니군요."

의사가 막 선물 받은 말에 대해 감사하며 마음의 문을 열었다. 그리고 그를 잔해밖에 남지 않은 옛 대장간 곁채로 데려갔다. 두 살짜리 아름다운 밤색 말은 옛집을 떠나와 예민해진 것 같았다. 아브레눈시우가 말의 귀에 라틴어로 달콤한 말을 속삭이고 뺨을 토닥거리며 달랬다.

후작이 죽은 말을 하느님의 사랑 병원의 옛 텃밭에 묻었다고 말해 주었다. 콜레라가 창궐하던 시절 부자들의 묘지가 된 곳이었다. 아브레눈시우는 과분한 호의라며 감사했다. 대화를 나누는 동안 의사는 후작이 거리를 유지하는 것을 깨달았다. 후작은 한번도 말을 타 보려 하지 않았다고 고백했다.

"나는 말도 무섭고 암탉도 무섭습니다."

"유감이군요. 말과 의사소통이 되지 않는 바람에 인류가 정체되었거든요. 언젠가 이를 극복하면 우리는 켄타우로스도 만들어 낼 겁니다."

대양을 향한 두 개의 열린 창문으로 들어오는 빛에 드러난 실내는 완고한 독신자의 병적인 세련으로 정돈되어 있었다. 실내 전체에 약 냄새가 진동해서 의학의 효능을 신뢰하게끔 했다. 깔끔하게 정돈된 책상과 라틴어로 라벨을 붙인 도자기 병들이 가득한 유리 장이 있었다. 한쪽 구석에는 뽀얀 먼지를 뒤집어쓴 치료용 하프가 처박혀 있었다. 가장 눈길을 끈 것은 대부분이 라틴어로 된, 책등이 조잡한 장서였다. 여닫이 책장이건 그렇지 않은 책장이건 간에 책장마다 책이 그득하고, 바닥에 세심하게 놓인 책들도 있었다. 의사는 마치 장미 화원에 들어간 코뿔소의 형국이었지만 그래도 종이 산길을 쉽게 헤치고 다녔다. 후작은 책이 많은 데 질렸다.

"인간이 아는 모든 게 이 방에 다 있을 것 같군요."

"책은 전혀 쓸모가 없습니다. 다른 의사들이 약으로 일으킨 질병을 저는 경험으로 치료하죠."

의사는 안락의자에서 잠자던 고양이를 몰아내고 후작에게 자리를 권했다. 그리고 손수 풍로에 차를 달여 대접하면서 임상 경험에 대해 이야기했다. 그러다가 후작이 관심을 잃은 걸 알아채고는 그만두었다. 사실이 그랬다. 후작은 갑자기 일어서더니 등을 지고 퉁명스럽기 짝이 없는 바다를 쳐다보았다. 후작은 그대로 계속 등을 진 채 마침내 용기를 내어 말문을 열었다.

"의사 선생."

아브레눈시우에게는 예기치 않은 부름이었다.

"네?"

후작이 엄숙한 어조로 말했다.

"환자의 비밀을 보호할 의사의 윤리 의무를 믿고 당신에게만 고백하겠습니다. 사람들 말이 사실이에요. 미친개가 내 딸도 물었습니다."

후작이 의사를 바라보니 담담한 모습이었다.

"벌써 알고 있습니다. 그래서 이렇게 이른 시각에 오신 거겠죠."

"그렇습니다."

후작은 병원에 있던, 개에게 물린 사람에 대해 한 질문을 되풀이했다.

"무엇을 할 수 있을까요?"

아브레눈시우는 전날의 잔혹한 대답 대신 시에르바 마리아를 보자고 청했다. 바로 후작이 청하려던 일이었다. 이렇게 두 사람은 뜻이 통했고, 마차가 그들을 문 앞에서 기다렸다.

집에 도착했을 때 후작은 화장대에 앉아 있는 베르나르다를 발견했다. 후작의 기억에서는 이미 지워졌지만, 부부가 마지막으로 사랑을 나눈 아득한 옛날의 교태를 혼자 부리며 머리를 빗는 중이었다. 방에는 그녀의 비누가 풍기는 봄날의 향기가 가득했다. 베르나르다는 거울에 비친 남편을 보고 신랄하지는 않은 어투로 말했다.

"우리가 말을 선물할 사람이던가요?"

후작이 그녀를 피했다. 어수선한 침대에서 평상복을 집어 들더니 베르나르다의 얼굴에 던졌다. 그러고는 냉랭하게 명령했다.

"옷을 입으시오. 의사가 왔으니까."

"하느님 제발."

"당신을 위해서가 아니오. 당신도 정말 필요하기는 하지만. 아이를 위해서요."

"아무 소용없을 거예요. 죽든지 살든지 하겠죠. 별도리 없다고요."

하지만 호기심을 이기지 못한 베르나르다가 물었다.

"의사가 누구죠?"

"아브레눈시우요."

베르나르다는 펄쩍 뛰었다. 은둔해 있는 유대인 손에 명예를 맡기느니 벌거벗은 그 상태로 혼자 죽고 싶었다. 아브레눈시우는 그녀의 친정집 주치의였는데 자신의 진단 능력을 한껏 과시하려고 환자의 상태를 까발리고 다녀서 친정 식구들이 증오했던 터였다. 후작이 그녀에게 맞섰다.

"당신이 아브레눈시우를 싫어해도, 그리고 설사 내가 그를 당신보다 더 싫어하더라도, 당신은 시에르바 마리아의 어머니요. 어머니로서의 신성한 권리를 위해서라도 진찰을 믿어 보라고 요구하는 것이오."

"마음대로 하세요. 나는 죽은 사람인 셈 치죠."

예상과 달리 소녀는 까탈을 부리지 않고 꼭두각시 인형을 쳐다보는 듯한 호기심으로 세밀한 진찰을 감수했다. 아브레눈시우가 시에르바 마리아에게 말했다.

"우리 의사들은 손으로 사물을 보지."

소녀는 재미있어하며 그에게 처음으로 미소 지었다.

소녀의 건강이 좋다는 것이 확연히 드러났다. 시에르바 마리아는 버림받은 아이 같은 기색에도 불구하고 몸매가 예뻤으며, 보이는 둥 마는 둥 하지만 황금빛 솜털로 뒤덮여 있었다. 꽃이 만개할 것을 예고하는 새싹들이었다. 치아도 완벽하고 눈은 초롱초롱하며 발이 가지런하고 현자의 손을 지니고 있었다. 그리고 머리카락 한 올 한 올은 소녀가 장수하리라는 서곡이었다. 시에르바 마리아는 기분 좋게, 또 자신을 잘 제어하면서 유도신문에 응했다. 그녀를 속속들이 알지 못하는 한 모든 대답이 다 거짓이라는 것을 알 도리는 없었다. 시에르바 마리아는 의사가 복사뼈의 미세한 상처를 발견했을 때 비로소 긴장했다. 아브레눈시우는 교묘하게 선수를 쳤다.

"넘어졌니?"

소녀는 눈도 깜짝 않으며 그렇다고 대답했다.

"그네에서 떨어졌어요."

의사는 라틴어로 혼자 중얼거렸다. 후작이 나섰다.

"스페인어로 말해 주시오."

"후작님에게 드린 말씀이 아닙니다. 저는 라틴어로 생각을 합니다."

시에르바 마리아는 아브레눈시우의 진찰을 즐겼다. 그러나 의사가 진찰을 위해 가슴에 귀를 대자 심장이 쿵닥쿵닥 뛰었다. 그와 함께 피부에는 식은땀이 송알송알 맺혔는데 양파 냄새가 은근하게 났다. 진찰을 마친 의사는 뺨을 토닥거려 주었다.

"아주 씩씩하구나."

후작과 단둘이 남았을 때 의사는 소녀가 자신을 문 개가 광견병에 걸렸다는 사실을 알고 있다고 말해 주었다. 후작은 이해가 되지 않았다.

"딸아이가 당신에게 거짓말을 많이 했지만 그런 이야기는 없었잖소."

"따님이 한 말이 아니라 심장이 말했어요. 심장이 우리에 갇힌 작은 개구리처럼 팔딱팔딱 뛰었습니다."

후작은 예전에 딸이 한 기상천외한 거짓말을 주절주절 말했다. 기가 막혀서라기보다는 아버지로서의 자부심 같은 것이 배어 있었다.

"아마 시인이 되려나 봅니다."

아브레눈시우는 거짓말이 예술의 조건이라는 것에 동의하지 않았다.

"글은 투명할수록 더욱더 시적이죠."

아브레눈시우가 유일하게 설명할 수 없었던 것은 소녀의 땀에 밴 양파 냄새였다. 냄새와 광견병의 관계에 대해서는 아는 바가 없었으므로, 양파 냄새는 아무런 증상이 아닌 것으로 간주하고 이를 배제했다. 나중에 카리다드 델 코브레가 시에르바 마리아가 몰래 노예들의 의식에 몸을 맡겼다는 사실을 후작에게 고했다. 노예들은 시에르바 마리아에게 마나후 풀로 만든 환약을 씹게 한 뒤, 개의 저주를 퇴치한답시고 소녀를 벌거벗겨 양파 창고에 가두었던 것이다. 아브레눈시우는 광견병 증상에 대해 소소한 부분까지 적나라하게 말해 주었다.

"깊이 물릴수록, 물린 곳이 뇌에 가까울수록 최초의 발작은 더 심각하고 더 빨리 찾아옵니다."

의사는 5년 만에 죽은 자기 환자의 경우를 떠올렸지만, 자신이 미처 깨닫지 못한 2차 감염이 있었을지도 모른다고 생각했다. 상처가 빨리 아물었다고 아무 탈 없는 것은 아니었다. 시간이 지난 후 예기치 않게 흉터가 붓고, 다시 갈라지고, 곪을 수도 있었다. 죽음에 이르는 과정이 너무 끔찍해서 차라리 죽는 것이 나았다. 그 경우 합법적으로 할 수 있는 유일한 일은 하느님의 사랑 병원에 호소하는 것이었다. 그곳에는 미쳐 날뛰는 광인이나 이단을 다루는 데 능숙한 세네갈인들이 있었다. 그러지 않으면 후작이 몸소 아이가 죽을 때까지 침대에 묶어 놓는 형벌을 감수해야 했다.

"인류 역사가 이미 오래지만 광견병자가 완쾌되어 자신이 묶여 있을 때의 일을 이야기해 준 적은 없습니다."

후작은 아무리 무거운 십자가라도 짊어지지 못할 리 없다고 결심했다. 따라서 후작은 딸이 집에서 죽을 거라는 뜻을 밝혔다. 의사는 존경심의 발로라기보다 연민의 눈길로 후작의 결정에 찬사를 보냈다.

"정말로 고귀한 결정이십니다. 후작님의 영혼은 그 일을 능히 감내할 만한 기백이 있으리라 믿습니다."

아브레눈시우는 증상이 심각하지는 않다고 다시 한 번 힘주어 말했다. 위험이 큰 부위에서 먼 곳에 상처가 났고, 시에르바 마리아가 피를 흘렸다고 기억하는 사람도 없었다. 소녀가 광견병에 감염되지 않았을 가능성이 컸다.

"그러면 광기가 나타나기 전까지는요?"

"그동안은 음악을 들려주고, 집 안을 꽃으로 가득 장식하고, 새들이 지저귀게 하고, 바다에 데려가 노을을 보여 주십시오. 따님을 행복하게 해 줄 수 있는 것은 다 해 주세요."

의사는 허공에 모자를 한 바퀴 돌리면서 엄숙한 라틴어 금언을 들려주며 작별 인사를 했다. 하지만 이번에는 후작에게 경의를 표하려고 스페인어로 바꿔 말해 주었다.

"행복이 치료하지 못하는 병을 치료할 수 있는 약은 없습니다."

2

 후작이 어쩜 그리도 무기력해졌는지, 그리고 홀가분한 홀아비 생활을 하기로 작정해 놓고 그토록 어울리지 않는 부부의 연을 어째서 맺게 되었는지 정말 아무도 몰랐다. 후작은 부친인 후작 1세의 막강한 힘을 이용하여 자신이 원하는 그런 인물이 될 수도 있었다. 그의 부친은 그 유명한 산티아고 기사단의 기사이자, 무자비한 노예 매매 업자이며, 냉혹한 군단장이었다. 그의 주군인 왕도 영예와 봉록을 그에게 아낌없이 베풀어 주었고 부조리한 일이 있어도 벌하지 않았다.

 후작 1세의 유일한 계승자인 이그나시오는 도무지 싹수가 보이지 않았다. 정신박약아 징후를 보이며 성장했고, 때가 되어도 글을 깨치지 못했으며, 아무에게도 정을 주지 않았다. 스무 살에 보여 준 최초의 인생 징후는 그의 유년기를 노래와 고함으로 달래 준, 디비나 파스토라에 갇혀 있던 정신병자 중 하나와 사랑에 빠져 결혼하기로 작정한 일이었다. 둘세 올리비아라는 여자였다. 왕실 가죽 직공 집안의 무남독녀인 그녀는 거의 두 세기에 달하는 집안 전통이 자신으로 인해 단절되지 않도록 말안장 제조법을 배워야 했다. 사람들은 그녀가 기구하게도 남자 일을 하는 바람에 미쳤다고들 했다. 너무 고약하게 미쳐서 자신의 배설물을 먹지 않도록 가르치는 것조차 힘들었다. 만일 그렇지만 않았다면 이그나시오처럼 얼뜬 크리오요 후작에게는 천생연분이었을 것이다.

둘세 올리비아가 재치도 보통이 아닌 데다 성격도 좋다 보니 사람들은 그녀가 미친 여자라는 사실을 쉽게 알아채지 못했다. 젊은 이그나시오가 처음 그녀를 보았을 때부터 둘세 올리비아는 테라스의 소란 속에서도 눈에 띄는 존재였고, 바로 그날 두 사람은 손짓 발짓으로 의사소통을 했다. 종이 접기의 대가였던 그녀는 종이쪽지에 사연을 적어 날렸다. 그는 그녀와 편지를 주고받기 위해 읽고 쓰는 것을 배웠다. 그것은 적법한 애정의 시초였지만 아무도 이해하려 들지 않았다. 후작 1세는 기가 차서 아들에게 그 사랑을 공개적으로 부인하라고 엄포를 놓았다. 이그나시오가 대답했다.

"그 일은 사실입니다. 뿐만 아니라 그녀가 청혼을 받아들였습니다."

그녀가 미쳤다는 이야기를 하자 이그나시오가 자신의 논리를 폈다.

"미친 사람도 자기 나름대로의 이성만 있다면 미친 게 아닙니다."

아버지는 아들을 대농장에 유배하였다. 주인이자 영주 자격을 위임했지만 이그나시오에게는 무용지물이었다. 그는 산송장처럼 지냈다. 이그나시오는 평소 짐승을 두려워했으나 암탉만은 예외였다. 그러나 대농장에서 살아 있는 암탉을 가까이 보더니만 과대망상증에 사로잡혀 암탉이 암소만 하다고 믿게 되었다. 그래서 암탉이야말로 뭍과 물을 통틀어 제일 무서운 괴물이라고 생각했다. 이그나시오는 어둠 속에서 식은땀을 흘리고 새벽에는 목장의 요기 서린 적막 때문에 숨이 막혀 잠을 깨곤 했다. 방 앞에서 눈을 부릅뜨고 망을 보는 마스티프종 사냥개는 그 어떤 위험보다 더 위협적이었다. 이그나시오는 말했다.

"내가 살아 있다는 사실에 두려움을 느끼며 살고 있어."

이그나시오는 유배 생활에서 음울한 안색, 비밀스러운 표정, 묵상에 잠기는 기질, 무기력한 태도, 느릿느릿한 어투, 밀폐된 승방에서 살 팔자인 듯한 신비주의적 소명 의식을 얻었다.

유배된 첫해에, 불어난 강물이 흐르는 듯한 굉음이 이그나시오를 깨운 적이 있었다. 대농장의 짐승들이 잠자리를 버리고 보름달 아래 완벽한 적막을 유지하면서 들판을 가로지르는 소리였다. 짐승들은 앞을 가로막는 모든 것을 묵묵히 쓰러뜨리면서 목장과 사탕수수밭과 급류와 늪을 가로질렀다. 타는 말과 짐말 등을 비롯한 몸집 큰 가축이 선두에 서고, 그 뒤로 돼지, 양, 가금류 등이 음산하게 밤의 어둠 속으로 줄지어 사라졌다. 심지어 비둘기를 위시해 날 줄 아는 새들마저 걸어서 갔다. 마스티프종 사냥개만이 주인의 침실 앞 자기 초소에서 새 아침을 맞았다. 그 일을 계기로 이그나시오는 그 개와 거의 인간적인 우정을 나누게 되었다. 이후 집에서 기른 많은 마스티프종 사냥개와도 마찬가지 우정을 나눴다.

적막한 영지에서 공포에 사로잡힌 젊은 이그나시오는 사랑을 포기하고 부친의 뜻을 따랐다. 부친은 아들이 사랑을 희생하는 것만으로는 만족하지 못해서 본국 명문가의 딸과 결혼해야 한다는 유언장 조항을 들이밀었다. 이렇게 하여 이그나시오는 올라야 데 멘도사와 떠들썩한 결혼식을 올렸다. 그녀는 명문가의 아주 아름다운 여인이며 재주도 많았다. 그러나 이그나시오는 그녀의 처녀성을 지켜 주어 아이를 낳아 보는 은총도 베풀어 주지 않았다. 그는 결혼식만 올렸을 뿐이지, 태어났을 때부터 살아온 방식대로 계속 아무짝에도 쓸모없는 독신자로 살았다.

올라야는 이그나시오를 세상에 내놓았다. 두 사람은 대미사에 같이 갔다. 신앙의 의무 때문이라기보다 사람들에게 보여 주기 위해서였다. 그녀는 비단옷과 황금 장신구로 치장한 여자 노예들을 거느리고 풍성한 치마, 화려한 망토, 카스티야* 백인 여성들이 사용하는 빳빳한 레이스 모자 차림으로 미사에 나타났다. 정말 요란하게 꾸미는 부인네들도 교회에서는 실내화를 신는데 올라야는 진주로 장식한 가죽 부츠를 신고 나타났다. 다른 유지들이 시대에 걸맞지 않은 가발을 쓰고 에메랄드 단추를 하고 있는 데 반해 후작은 맨몸에 무명옷을 입고 보드라운 사각모자를 썼다. 그러나 후작은 늘 마지못해 공식 행사에 참여했다. 사회생활에 대한 두려움을 결코 극복할 수 없었던 것이다.

올라야는 스페인 세고비아에서 스카를라티 도메니코의 제자였고, 학교와 수녀원에서 음악과 노래를 가르칠 수 있는 자격증을 땄다. 클라비코드를 분해하여 바다를 건너와 손수 조립을 했고, 그 밖에도 갖가지 현악기를 가져와 성심을 다해 연주하고 가르쳤다. 수련 수녀들로 앙상블을 조직해 이탈리아, 프랑스, 스페인의 새로운 악풍으로 집에서 보내는 오후를 신성하게 만들었다. 그래서 성령이 그녀에게 음악적 영감을 준다는 말까지 나돌았다.

후작은 음악에는 도통 소질이 없는 것 같았다. 프랑스식 표현을

---

* 스페인 중부 지방.

빌려 자신은 예술가의 손을 지녔지만 포병처럼 둔한 귀를 가졌다고 했다. 그러나 악기 포장을 뜯은 그날부터 후작은 신기한 이중 줄감개집, 넓은 음역, 현의 수, 맑은 소리에 혹해 이탈리아 하프의 일종인 티오르바에 관심을 보였다. 올라야는 후작이 자신만큼 연주를 잘하게 만들려고 애를 썼다. 그녀는 인내와 사랑으로, 그는 석공의 완고함으로 애절한 소야곡이 손색없이 흘러나올 때까지 텃밭의 나무 아래에서 깽깽거리며 연습을 하면서 아침나절을 보냈다.

음악이 부부간 금슬을 아주 좋게 해 주어 올라야 부인은 마침내 모자랐던 한 걸음을 내디디려 했다. 폭풍우가 치던 밤 그녀는 짐짓 무서움을 빙자하여 손끝 하나 건드려 보지 못한 남편이 있는 침실로 가서 말했다.

"이 침대의 반은 제가 주인이랍니다. 그래서 왔어요."

후작은 까딱도 하지 않았다. 그녀는 설득을 하건 완력을 사용하건 그를 굴복시킬 수 있으리라는 확신하에 계속 밀어붙이고자 했다. 그러나 삶은 시간을 허락하지 않았다. 11월 9일 부부는 공기도 좋고 하늘도 쾌청하여 오렌지 나무 아래에서 이중주를 연주하고 있었다. 그때 번갯불이 번뜩여 눈앞이 아득해지고 대지를 뒤흔드는 굉음에 혼비백산했다. 그리고 올라야는 벼락에 맞아 쓰러졌다.

뒤숭숭해진 도시 주민들은 그 비극이 고해조차 할 수 없는 죄를 지은 데 대한 신의 분노가 폭발한 것이라고 여겼다. 후작은 여왕의 예에 준해 장례식을 거행하라고 명령했고, 장례식에서 후작은 그가 장차 늘 입고 있게 될 엷은 검은색 태피터 옷을 처음으로 입었다. 묘지에서 돌아왔을 때 후작은 텃밭 오렌지 나무에 눈처럼 내린 종이쪽지에 놀랐다. 아무거나 집어서 펴 보았더니 "그 벼락은 내가 내린 것이에요."라고 적혀 있었다.

구일장이 끝나기 전에 이미 후작은 상속 받은 재산 중 중요한 것들을 교회에 기증했다. 몸폭스와 아야펠의 목장, 도시에서 불과 2레구아* 떨어진 마아테스의 임야 2,000헥타르, 마필 수백 두, 농장 한 곳, 카리브 연안에서 가장 좋은 제당소 등이었다. 그러나 그의 재산에 대한 전설은 놀리는 곳이 많은 거대한 토지에 기초하고 있었다. 상상 속의 그 경계는 라 구아리파의 늪지대와 라 푸레사 저지대와 우라바의 맹그로브 숲을 넘어 기억 속에서 희미해졌다. 후작이 유일하게 남겨둔 것은 최소한으로 줄인 노예의 뜰이 달린 저택과 마아테스의 제당소였다. 집안 살림은 도밍가에게 맡겼다. 늙은 넵투노는 후작 1세가 부여한 마부 지위를 유지하면서 집 안 마구간에 얼마 남지 않은 말을 관리하도록 했다.

후작은 처음으로 조상의 음산한 저택에 홀로 남게 되었고, 잠을 자다가 노예들에게 살해될지도 모른다는 크리오요 귀족 특유의 선천적인 두려움 때문에 어둠 속에서 잠을 거의 이루지 못했다. 채광창을 들여다보는 신들린 눈이 사람 눈인지 귀신 눈인지 몰라 갑자기 잠에서 깨어나곤 했다. 후작이 발뒤꿈치를 들고 문가에 다가가 갑자기 문을 열면 열쇠 구멍으로 안을 엿보던 검둥이를 발견하곤 했다. 그러면 몸을 붙잡지 못하게 야자유를 덕지덕지 바른 벌거숭이 검둥이들이 복도를 표범처럼 성큼성큼 내달렸다. 오만 가지 두려움에 사로잡혀 혼비백산한 후작은 동이 틀 때까지 불을 밝혀 두라고 명령하고, 빈 곳을 조금씩 조금씩 점령하던 노예들을 쫓아내고는,

---

* 거리의 단위로 1레구아는 약 5.8킬로미터다.

싸움에 능숙한 사냥개들을 처음으로 집 안에 끌어들였다.

저택 문은 닫혔다. 습기 때문에 비로드 천에서 고약한 냄새가 나는 프랑스 가구들을 한쪽에 처박아 두고, 고블랭 직*과 도자기와 명품 시계들은 팔아 버리고, 텅 빈 침실에 더위를 가시게 해 줄 우엉 해먹을 걸어 놓는 것으로 만족했다. 후작은 교회에 꼬박꼬박 헌금을 내기는 했지만 미사에도 빠지고, 묵상도 하지 않고, 성체 가마를 메고 예배 행진에 참여하는 법도 없으며, 종교 축일도 안 지키고, 사순절 기간에도 금욕을 하지 않았다. 후작은 해먹으로 도피했다. 가끔은 8월의 무더위 때문에 침실에 해먹을 걸었지만, 대개 텃밭 오렌지 나무 아래에서 낮잠을 즐겼다. 광녀들이 그에게 음식 찌꺼기를 던져 대고 큰 소리로 다정다감한 음담패설을 건넸다. 하지만 정작 관청에서 정신병원을 옮겨 주려 하자, 후작은 광녀들에 대한 고마움 때문에 이를 거절했다.

사랑하는 이의 무심함에 지친 둘세 올리비아는 결코 있지도 않았던 일을 그리워하며 위안을 삼았다. 그녀는 기회만 되면 텃밭 덧문을 이용해 디비나 파스토라 정신병원을 탈출했다. 애정이 담뿍 담긴 미끼로 사냥개들을 길들여 자기편으로 만들고, 결코 자기 것이 되지 못한 집을 돌보는 데 잠잘 시간을 할애하며, 집안에 행운이 깃들라고 향기로운 나륵풀** 빗자루로 쓸고, 모기를 쫓으려고 방마다 마늘을 걸었다. 엄정한 손길로 무엇 하나 대충 처리하지 않던 도밍가는 왜 복도가 저녁보다 아침에 더 깨끗해지고, 물건들이 아침에는 전날

---

* 루이 14세 시대 콜베르가 만든 왕실 공장인 고블랭가(家) 공장에서 짠 직물.
** 박하 비슷한 일년초.

과 다르게 정돈되어 있는지 알지 못하고 죽었다. 후작은 홀아비가 된 지 1년이 채 되지 않았을 때, 둘세 올리비아가 노예들이 함부로 다룬 듯한 주방 용구를 닦고 있는 것을 발견했다.

"이렇게 대담하게 굴 줄은 몰랐군."

그녀가 대답했다.

"당신이 여전히 가련한 작자라서 그래요."

이렇게 하여 적어도 언젠가는 사랑과 흡사했던 금지된 우정이 재개되었다. 두 사람은 마치 판에 박힌 삶을 살고 있는 오랜 부부처럼 아무런 기대도 원망도 없이 날이 밝을 때까지 이야기를 나누었다. 둘 다 행복하다고 믿었고, 어쩌면 정말로 그랬을지도 몰랐다. 그러던 어느 날 둘 중 한 사람이 심한 말 한마디를 던졌는지 아니면 좀 섭섭하게 굴었는지, 그 밤이 다하도록, 사냥개들까지 전의를 상실할 정도로 무지막지한 싸움을 벌였다. 그래서 모든 것이 처음으로 돌아가 둘세 올리비아는 오랫동안 집에서 모습을 감추었다.

후작이 그녀에게 고백하기를, 현세의 부에 대한 경멸이나 그 자신의 변모는 신앙심 때문이 아니라, 부인의 육체가 번갯불에 그을린 것을 보고 갑자기 신앙심을 잃고, 이어 두려움이 밀려들었기 때문이라고 했다. 둘세 올리비아가 자신이 위안이 되어 주겠다고 했다. 부엌에서도 침대에서도 그의 순종적인 노예가 되리라고 약속했다. 후작은 그 말에 넘어가지 않고 맹세했다.

"다시는 결혼하지 않을 거요."

그러나 1년도 채 되기 전에 후작은 베르나르다 카브레라와 은밀히 결혼했다. 그녀의 아버지는 후작 1세의 옛 십장으로 해외 무역에서 성공했다. 두 사람은 그녀의 아버지가 절인 청어와 검정 올리브를 집에 배달하는 일을 베르나르다에게 맡겼을 때부터 알게 되었다. 올라야가 사족을 못 쓰던 음식들로, 후작 부인이 죽은 후에도 계속 집으로 이를 조달하고 있었다. 어느 날 오후 베르나르다는 텃밭에 걸어 놓은 해먹에 있는 후작을 발견하고 그의 왼손 손금에 새겨진 인생 운을 풀이해 주었다. 후작은 그녀의 신통한 풀이에 너무도 감명 받아서 구매할 것이 없어도 그녀를 낮잠 시간마다 불렀다. 하지만 두 달이 지나도록 후작은 아무런 행동을 취하지 않았다. 그래서 그녀가 후작 대신 행동을 취했다. 해먹에 있는 그를 습격해 올라타더니 그의 젤라바 자락으로 입을 틀어막고 후작을 녹초로 만들었다. 이렇게 하여 베르나르다는 후작이 혼자만의 사랑에 빠져 상상조차 못했을 정욕과 성 지식을 일깨워 준 것은 물론 얼렁뚱땅 그의 순결을 빼앗았다. 후작은 쉰두 살이었고 그녀는 스물세 살이었지만 나이 차이는 제일 하찮은 문제였다.

두 사람은 낮잠 시간에 오렌지 나무의 성스러운 그늘에서 애정이 결여된 육체관계를 화급히 계속 나누었다. 광녀들이 테라스에서 야한 노래를 부르며 응원하고, 경기장에서 박수갈채를 보내듯 그들의 승리를 축하했다. 후작이 자신을 노리던 위험이 무엇인지 스스로 깨닫기도 전에, 베르나르다가 임신한 지 두 달이 되었다는 소식으로 제정신을 차리게 해 주었다. 그녀는 자신이 흑인이 아니고 라디노 인디오*와 카스티야 출신 백인 어머니 사이의 딸이기 때문에 찢어진 명예를 꿰맬 유일한 바늘은 격식을 갖춘 결혼이라는 점을 환기시켰다. 후작은 모른 척했다. 그러자 어느 날 그녀의 아버지가 낮

---

* 인디오의 풍습을 버리고 백인 풍습을 받아들인 인디오.

잠 시간에 구닥다리 화승총을 어깨에 척 하니 메고 나타나 문을 두드렸다. 말이 느릿느릿하고 부드러운 매너를 지닌 사람이었는데 후작을 외면한 채 총을 건네주었다.

"그것이 무엇인지 아십니까, 후작님?"

후작은 총을 손에 들고 어쩔 줄 몰라 했다.

"내가 아는 바로는 총이오."

후작은 정말로 불안해서 물었다.

"그대는 총을 어디 쓰시오?"

"해적으로부터 몸을 보호하기 위해서입니다, 후작님."

그가 여전히 후작을 외면한 채 말했다.

"지금 총을 가져온 이유는 혹시나 후작님이 은혜를 베풀어 저를 죽여 주실까 싶어서입니다. 제가 후작님을 죽이기 전에요."

그녀의 부친이 후작을 쳐다보았다. 처량하게 침묵하는 작은 눈이었지만 후작은 그가 말하지 않은 것이 무엇인지 깨달았다. 후작은 총을 돌려주며, 들어와서 혼사에 대해 의논하자고 청했다. 이틀 후 인근 성당의 사제가 베르나르다의 부모와, 신랑과 신부의 대부모가 지켜보는 가운데 혼인 미사를 집전했다. 결혼식이 끝났을 때 어디에서인지 사군타가 나타나 막 결혼한 쌍의 신랑, 신부에게 축복의 화관을 씌워 주었다.

철 지난 비가 내리던 어느 날 아침, 골골한 칠삭둥이 시에르바 마리아 데 토도스 로스 앙헬레스가 궁수자리로 태어났다. 때깔 없는 올챙이 같았고, 탯줄이 목에 휘감겨 질식하기 일보 직전이었다. 산파가 말했다.

"계집아이인데 살지는 못할 겁니다."

바로 그때 도밍가가 자신이 모시는 성인들에게 시에르바 마리아를 살려 주면 결혼식 날 저녁까지 아이의 머리카락을 자르지 않겠다고 서약했다. 그녀가 말을 채 맺기도 전에 아기가 울음을 터뜨렸다. 기쁨에 들뜬 도밍가가 외쳤다.

"성녀가 될 아이에요!"

후작은 사람들이 아기를 목욕시키고 옷을 입힌 후에야 딸을 처음 보았는지라 도밍가만 한 통찰력이 없었다.

"이 애는 갈보가 될 거야. 신이 목숨과 건강을 허락한다면 말이야."

귀족과 평민 사이의 딸인 아이는 버림받은 유년 시절을 보냈다. 어머니는 처음이자 마지막으로 젖을 물렸을 때부터 딸을 증오했고, 자기 손으로 죽여 버릴까 봐 아이를 거두는 것을 거부했다. 도밍가가 아이에게 젖을 먹이고, 기독교식으로 세례를 주고, 올로쿤에게 바쳤다. 올로쿤은 성별이 불분명한 요루바 신앙의 신으로, 얼굴이 너무 무섭게 생겨 가면을 쓰고 꿈속에서만 나타난다고들 했다. 노예의 뜰로 옮겨진 시에르바 마리아는 말보다 춤을 먼저 배우고, 세 종류의 아프리카 언어를 동시에 배우고, 아침 식사 전에 수탉 피를 마시고, 마치 육신이 없는 존재처럼 감쪽같이 기독교인들 사이를 요리조리 다녔다. 도밍가는 흑인 노예, 메스티소 하녀, 인디오 심부름꾼 등의 명랑한 시녀들에게 시에르바 마리아를 보살피게 했다. 그녀들이 아이를 적당한 온도의 물로 목욕 시키고, 예마야 마편초로 얼굴을 씻기고, 금방 자란 머리카락을 장미 가꾸듯 대했다. 다섯 살 때 시에르바 마리아의 머리카락은 이미 허리에 이르렀다. 노예들이 저마다 아이에게 다양한 신을 기리는 목걸이를 걸어 주면서 목걸이 수는 열여섯 개에 이르렀다.

후작이 텃밭에서 무위도식하는 동안 베르나르다는 집안의 권력을 억센 손아귀로 틀어잡았다. 그녀가 처음 공들인 일은, 시아버지 후작 1세의 소유였으나 남편이 나누어준 재산을 되찾는 것이었다. 후작 1세는 예전에 1인당 밀가루 두 통을 수입하는 조건으로 8년간 5000명의 노예를 매매하는 허가를 얻었다. 후작 1세는 뛰어난 말솜씨와 세관원 매수를 통해 약정한 밀을 팔아치우고, 또한 밀수로 노예 3000명을 더 팔아서, 그가 살았던 세기에 최고의 부를 축적한 노예 상인이 되었다.

노예보다 밀이 더 좋은 장사가 되리라고 생각한 이는 베르나르다였다. 그러나 사실 품목 자체보다는 그녀의 놀라운 설득력이 큰 장사를 가능하게 했다. 베르나르다는 4년간 1000명의 노예와 1인당 세 통의 밀가루를 수입하는 허가 하나만으로 일생일대의 이문을 남겼다. 약정한 1000명의 노예를 팔아치우고, 밀을 3000통이 아니라 1만 2000통 수입하였던 것이다. 그 세기 최대의 밀수였다.

베르나르다는 시간의 절반을 마아테스의 제당소에서 보냈다. 마그달레나 지방을 흐르는 리오그란데 강이 제당소 가까이에 있어서, 마아테스를 부왕령 내륙 지대와의 일체의 교역을 위한 거점으로 삼았다. 베르나르다가 아무한테도 상세한 이야기를 하지 않아서, 후작의 집에는 그녀의 번창에 관한 단편적인 소식들만 들려왔을 뿐이다. 위기를 겪기 전, 집에 머물 때의 베르나르다는 우리에 갇힌 또 다른 사냥개 같았다. 도밍가가 이를 적절히 표현했다.

"엉덩이가 몸에 붙어 있을 새가 없지."

시에르바 마리아는 도밍가가 죽은 후 처음으로 집 안에 안정적인 거처를 차지했다. 후작 1세 부인이 살았던 휘황찬란한 방을 그녀를 위해 꾸며 준 것이다. 그리고 그녀를 위해 본토 스페인어, 수학의 개념, 자연 과학 등을 가르칠 가정교사를 임명했다. 가정교사는 읽기와 쓰기를 가르치려 했지만 시에르바 마리아가 배움을 거부했다. 소녀의 말인즉슨 글자를 모른다는 이유 때문이었다. 여선생 하나가 음악 감상에 눈을 뜨게 해 주었다. 소녀는 음악에 대한 관심과 조예를 입증했다. 그러나 악기를 배울 만한 인내심은 없었다. 여선생은 치를 떨며 사직했고 후작과 헤어지면서 말했다.

"아이가 모든 일에 소질이 없어서가 아닙니다. 이 세상 애가 아니에요."

베르나르다는 딸에 대한 증오를 가라앉히려 했다. 그러나 얼마 안 가 그 증오가 그녀나 딸에게 별다른 잘못이 있어서가 아니라 두 사람의 본성 때문에 생겨난 것임이 분명해졌다. 베르나르다는 딸아이가 유령 같다고 믿게 되었을 때부터 마음을 졸이고 살았다. 문득 뒤를 돌아보았을 때, 나풀거리는 망사 옷을 입고 벌써 무릎까지 자란 야생의 머릿결을 지닌 맥없는 소녀의 불가사의한 눈과 마주치는 것은 상상만 해도 몸서리가 쳐졌다. 딸에게 소리쳤다.

"얘, 그렇게 나를 쳐다보지 마!"

그녀가 사업에 잔뜩 열중해 있을 때면 뱀이 호시탐탐 노리는 듯한 뜨거운 숨결을 목덜미에 느꼈고, 그러면 그녀는 기겁을 했다.

"얘, 들어오기 전에 기척을 해야지!"

시에르바 마리아가 요루바어로 계속 지껄여 그녀는 더 기겁을 했다. 밤에는 더욱 끔찍했다. 누군가가 건드리는 것 같아 베르나르다가 소스라쳐 잠을 깨면 소녀가 침대 발치에서 그녀가 자는 것을 쳐다보고 있었기 때문이다. 소녀의 소매에 방울을 매달아도 소용없었다. 시에르바 마리아가 너무 은밀하게 다녀서 소리가 나지 않았기 때문이다. 베르나르다가 말하곤 했다.

"그 애한테 백인 같은 구석이라고는 피부색뿐이라니까."

너무나 맞는 말이었다. 소녀는 자기의 진짜 이름과 스스로 지어낸 마리아 만딩가라는 아프리카 이름을 번갈아 썼다.

어느 날 새벽, 카카오를 너무 많이 먹은 베르나르다가 목이 말라 잠에서 깨어나 물 항아리 속에 둥둥 떠다니는 시에르바 마리아의 인형을 발견했을 때 두 사람의 관계는 위기로 치달았다. 사실 그저 일개 인형이 아니라 무언가 끔찍한 것, 즉 마치 인형 시체가 물에 떠다니는 듯했다.

분명 시에르바 마리아가 자신에게 아프리카식 저주를 한 것이라고 확신한 베르나르다는 두 사람이 같은 집에 있을 수 없다는 결정을 내렸다. 후작이 미적지근하게 중재에 나섰지만 그녀가 딱 부러지게 말했다.

"그 애인지 나인지 선택하세요."

그래서 시에르바 마리아는 여자 노예들의 움막으로 되돌아갔고, 어머니가 제당소에 있을 때에도 그곳에서 지냈다. 시에르바 마리아는 태어났을 때처럼 여전히 속내를 알 수 없었고 아예 까막눈이었다.

그러나 베르나르다는 나아지지 않았다. 후다스와 똑같이 행동하며 그를 붙잡으려 했지만, 2년만에 사업 항로는 물론 인생의 항로까지 상실하고 말았다. 그녀는 후다스를 누비아* 해적, 트럼프의 에이스, 동방 박사 멜키오르로 변장시키고 교외로 데리고 다녔다. 특히

---

* 나일 강 유역의 고대 흑인 기독교도 왕국.

갤리 선단이 정박해 도시가 반년간 흥청망청할 때면 그랬다. 전 세계의 모든 상품을 먼저 차지하려고 리마, 포르토벨로, 아바나, 베라크루스에서 온 상인들을 위해 성곽 바깥에는 선술집과 사창가가 임시로 들어섰다. 어느 날 밤 갤리선의 노 젓는 죄수들을 위한 술집에서, 코가 비뚤어지도록 퍼마신 후다스가 베르나르다에게 아주 수상쩍은 기색으로 다가와 말했다.

"입을 벌리고 눈을 감아."

그녀가 그렇게 하자 후다스는 그녀의 혀 위에 멕시코 오아하카 산 마법의 초콜릿을 올려놓았다. 초콜릿이라는 것을 깨달은 베르나르다는 뱉어 버렸다. 어릴 때부터 카카오를 유난히 싫어했기 때문이다. 후다스가 그녀를 설득했다. 초콜릿이 삶을 즐겁게 하고, 원기를 북돋우며, 기분을 좋게 하고, 정력을 강화하는 성스러운 물건이라는 것이었다.

베르나르다가 폭소를 터뜨렸다.

"그게 사실이라면 산타클라라 수녀원의 수녀들은 투우 같겠군요."

이미 그녀는 발효시킨 당밀에 중독되어 있었다. 결혼 전부터 학교 친구들과 같이 당밀을 먹었고, 입으로뿐만 아니라 제당소의 뜨거운 공기 속에서 오감을 통해 계속 섭취했다. 베르나르다는 후다스로 인해 네바다 산맥의 인디오들처럼 담배를 씹고, 산누에나방 가루를 싼 코카 잎*을 씹는 것을 배웠다. 또 선술집에서는 인도 대마초, 키프로스 테레빈, 레알 데 카토르세 지방의 페요테**, 그리고 적어도

---

* 코카인의 원료가 되는 잎.
** 레알 데 카토르세는 멕시코의 지방 이름으로 지금은 산루이스포토시라고 부른다. 페요테는 선인장의 일종으로 마취 성분이 있다.

한 번은 필리핀 상인들을 통해 중국 아편을 맛보았다. 그러나 카카오를 옹호하는 후다스의 예찬을 못 들은 척하지는 않았다. 모든 것을 맛보고 난 후 카카오의 미덕을 인정하게 되었고, 또 제일 좋아하게 되었다. 후다스는 도둑질도 하고 뚜쟁이 짓도 하고 가끔 남색도 즐겼다. 이 모든 것이 다 순전히 그의 악취미 때문이었다. 왜냐하면 후다스에게는 아무것도 아쉬운 게 없었기 때문이다. 어느 재수 없는 밤 후다스는 카드놀이를 하다가 시비가 붙어 갤리선 노 젓는 죄수 세 사람과 맨손으로 싸움을 벌였는데, 그들이 그만 후다스를 베르나르다 앞에서 의자로 때려 죽여 버렸다.

베르나르다는 제당소에서 두문불출했다. 온 집안이 표류했다. 그때 집안이 난파하지 않은 것은, 자신의 신들 뜻대로 시에르바 마리아를 양육한 도밍가의 노련한 손길 덕택이었다. 후작은 부인이 맛이 간 줄도 몰랐다. 베르나르다가 착란 상태에서 살고, 혼잣말을 하고, 가장 쓸 만한 남자 노예들을 골라 옛 학교 친구들과 함께 쾌락의 밤을 보낸다는 말들이 제당소에서 들려왔다. 쉽게 모은 재산은 쉽게 사라졌다. 베르나르다는 피로울 때 즉시 먹으려고 여기저기 숨겨 놓은, 당밀을 담은 가죽 물통과 카카오 자루 덕분에 살았다. 그리고 그녀에게 확실하게 남은 유일한 것이라고는 100도블론짜리와 4도블론짜리 순금 금화로 가득한 항아리 두 개뿐이었다. 호시절에 그녀가 침대 밑에 묻어두었던 것이다. 베르나르다는 너무나 피폐해져서, 3년간 계속 마아테스에 머물다 시에르바 마리아가 개에게 물리기 얼마 전 마지막으로 집에 돌아왔을 때는 남편조차 부인을 알아볼 수 없을 정도였다.

3월 중순, 광견병의 위험은 사라진 듯했다. 자신의 행운에 감사한 후작은 아브레눈시우가 권한 행복이라는 처방으로 과거를 바로잡고 딸의 마음을 사로잡으리라 작정했다. 후작은 모든 시간을 딸에게 바쳤다. 빗질하는 것과 머리 땋는 것도 배우려 했다. 소녀에게 그녀가 백인임을 가르치려 하고, 소녀를 위해 크리오요 귀족으로서의 좌절된 꿈을 복원하려 하고, 이구아나 절임과 아르마딜로 조림을 좋아하는 딸의 식성을 뿌리 뽑으려고 했다. 후작은 오만 시도를 다 했다. 다만 그것이 딸을 정말로 행복하게 하는 방법인지 자문하지는 않았다.
　아브레눈시우는 계속 집을 방문했다. 후작과 교류하는 것이 쉽지는 않았지만 종교 재판소 때문에 위축된 세상 한구석에 사는* 그의 무의식이 흥미로웠다. 의사는 꽃이 만발한 오렌지 나무 아래에서 후작이 귀담아듣지도 않는 이야기를 늘어놓고, 후작은 자신의 이름을 들어 본 적도 없는 스페인 국왕으로부터 바닷길로 1,300레구아나 떨어진 곳의 해먹에서 썩어 갔다. 무더운 달들이 그렇게 가고 있었다. 그렇게 방문이 계속되는 가운데 한번은 베르나르다의 음산한 신음 소리가 두 사람의 대화를 중단시켰다.
　아브레눈시우는 깜짝 놀랐다. 후작은 못 들은 척했지만 뒤를 이은 신음 소리가 너무도 처절하여 그럴 수가 없었다.
　"누군지는 모르겠지만 명복을 빌어 줘야겠습니다."
　"내 두 번째 부인이라오."
　"간이 망가졌어요."
　"어떻게 아시오?"

---

* 이 작품의 무대가 되는 콜롬비아의 카르타헤나에는 종교 재판소가 있었다.

"입을 열고 신음을 하기 때문입니다."

의사는 허락을 구하지도 않고 문을 열어 어둠 속에서 베르나르다를 찾았다. 그러나 그녀는 침대에 없었다. 이름을 불러 보았지만 대답이 없어 창문을 열었다. 오후 4시의 따가운 햇빛이 그녀의 몸을 고스란히 비춰 주었다. 벌거벗은 상태로 바닥에 큰대 자로 누워 있었고, 그녀의 장기에서 뿜어 나오는 치명적인 가스가 그녀 주위에서 빛을 발했다. 과도한 우울증으로 피부가 송장 빛이었다. 갑자기 열어젖힌 창문으로 쏟아지는 빛에 눈이 부셔 베르나르다가 고개를 들었지만 역광이라 의사를 알아보지 못했다. 의사는 한 번 보는 것만으로 그녀의 운명을 알 수 있었다.

"부엉이가 저승 노래를 부르고 있군요."

의사는 피를 깨끗이 해 주는 응급 처치만 하면 그녀를 구할 수 있다고 설명했다. 베르나르다가 의사를 알아보고 간신히 일어나더니 욕설을 퍼부었다. 아브레눈시우는 창문을 다시 닫으면서 담담히 욕설을 견뎌 냈다. 그리고 방에서 나와 후작의 해먹 앞에 서서 정확히 예언했다.

"후작 부인은 늦어도 9월 15일에는 죽을 겁니다. 그 전에 대들보에 목을 매지 않는다면요."

후작이 꿈쩍도 하지 않고 말했다.

"9월 15일까지 아직 많이 남은 것이 정말 유감이네요."

후작은 시에르바 마리아를 위한 행복 요법을 계속 실행했다. 아버지와 딸은 산라사로 언덕에서 동쪽으로는 치명적인 늪지를 바라보고, 서쪽으로는 이글거리며 바다로 지는 거대한 붉은 태양을 바라보았다. 소녀가 바다 건너편에 무엇이 있는지 물었다. 후작은 "세상이 있지."라고 대답했다. 후작은 무슨 일을 할 때마다 뜻하지 않은 반응을 딸에게서 발견했다. 어느 날 오후 두 사람은 갤리 선단이 돛에 바람을 가득 안고 수평선에서 나타나는 것을 보았다.

도시의 모습이 바뀌었다. 부녀는 꼭두각시 인형과 불을 삼키는 차력사, 그 밖에 길조가 깃든 그 4월 항구에 선 장에서 선보인 수많은 새로운 것들을 즐겼다. 시에르바 마리아는 두 달 동안 백인들의 것을 그때까지보다 훨씬 더 많이 배웠다. 그녀를 다른 사람으로 만들려고 노력하면서 후작 역시 달라졌다. 너무나 달라져서 단순히 성격이 변한 것이 아니라 본성 자체가 변한 듯했다.

집 안은 유럽의 장에서나 볼 수 있었던 발레리나 태엽 인형과 음악상자와 기계식 시계로 가득 찼다. 후작은 티오르바의 먼지를 털어 냈다. 그리고 사랑의 발로라고밖에는 이해할 수 없을 정도로 세심하게 줄을 매고 조율하더니, 세월의 흐름도 개운하지 못한 기억도 바꾸지 못한 훌륭한 목소리와 엉망인 음정으로 예전에 부르던 노래를 곁들여 연주했다. 시에르바 마리아가 그 무렵, 노랫말에서처럼 사랑은 모든 것을 가능하게 해 준다는 말이 사실인지 물었다. 후작이 대답했다.

"사실이란다. 하지만 차라리 안 믿는 게 나을 거야."

새롭고 좋은 일들로 행복에 겨운 후작은 세비야 여행을 꿈꾸기 시작했다. 시에르바 마리아의 침울함을 치유하고, 세상 공부를 마치도록 해 줄 작정이었다. 여행 날짜와 여정이 이미 다 정해졌을 때였다. 카리다드 델 코브레가 낮잠 중인 후작을 깨워 끔찍한 소식을 전해 주었다.

"후작님, 우리 불쌍한 아가씨가 개가 되고 있습니다."

급히 불려 온 아브레눈시우는, 짐승에게 감염되어 미친 환자는 자신을 문 동물처럼 된다는 미신을 부정했다. 의사는 소녀가 열이 조금 난다는 것을 확인했다. 비록 다른 병의 징후가 아니라 그저 열이 나는 것으로 사료되었지만 그렇다고 이를 가볍게 넘기지는 않았다. 의사는 비탄에 잠긴 후작에게 소녀가 광견병 외의 다른 병에 면역이 있는 것은 아님을 일깨워 주었다. 광견병에 걸린 개에게 물리든 그렇지 않은 개에게 물리든 간에 그것 때문에 다른 병이 생기지 않는 건 아니라는 것이다. 늘 그랬듯이, 유일한 방법은 기다리는 것이었다. 후작이 물었다.

"그 방법뿐이라는 건가요?"

의사 역시 씁쓸히 대답했다.

"현재의 의학으로는 더 드릴 말씀이 없습니다. 저를 믿으실 수 없다면 한 가지 방법이 더 있죠. 신을 믿으십시오."

후작은 이해가 가지 않았다.

"맹세하건대 당신은 무신론자일 텐데요."

의사는 후작을 돌아다보는 수고조차 하지 않았다.

"제가 뭘 더 할 수 있겠습니까, 후작님."

후작은 신보다는 일말의 희망을 줄 무언가를 믿었다. 도시에는 의대를 졸업한 의사만 해도 세 명이 더 있고, 그 밖에 약사 여섯, 피 뽑는 이발사 열하나, 지난 50년간 종교 재판소가 각종 죄목을 붙여 1300명을 벌하고 일곱 명을 화형에 처했는데도 여전히 주술에 의존하는 돌팔이 의사와 주술사 들이 있었다. 스페인 살라망카 출신의 젊은 의사가 시에르바 마리아의 상처를 다시 째고, 오래된 고름을 뽑아 낸답시고 습포제를 몇 장 붙였다. 다른 의사는 등에 거머리를 붙여 똑같은 일을 시도했다. 피 뽑는 이발사들 중 하나는 시에르바 마리아의 오줌으로 상처를 씻었고, 또 다른 이는 그 오줌을 마시게 했다. 두 주일 동안 시에르바 마리아는 날마다 약초 물로 두 번 목욕하고 점활성 하제를 두 번 먹고, 천연산 안티몬 탕약을 비롯한 여타 치명적인 탕약을 먹고 죽음의 문턱까지 갔다.

열은 내렸다. 하지만 그 누구도 광견병이 치유되었다고 감히 단언하지 못했다. 시에르바 마리아는 죽는 줄 알았다. 처음에는 꿋꿋하게 견뎌 냈지만 아무런 효험도 없이 두 주일을 보내는 동안 발목에는 화농이 생기고, 습포제와 발포제로 피부가 벌겋게 되고, 위장이 헐어 버렸다. 현기증, 경련, 경기, 정신착란, 설사, 이뇨 등 오만 가지 증상을 다 겪었고, 바닥을 뒹굴며 고통과 분노로 울부짖었다. 가장 담대한 주술사들도 시에르바 마리아가 미쳤거나 귀신에 씌었다고 여기고 치료를 포기했다. 후작이 모든 희망을 잃었을 때 사군타가 성 우베르토의 열쇠를 들고 나타났다.

그것이 마지막이었다. 사군타는 소녀가 두르고 있던 침대 시트를 벗겨 젖히고 알몸에 인디오 기름을 덕지덕지 바르고는 벌거벗은 소녀의 몸에 자기 몸을 비벼 댔다. 시에르바 마리아는 탈진 상태였는데도 팔다리를 휘두르며 저항했지만 사군타가 이를 완력으로 제압했다. 베르나르다는 방에서 광기 어린 비명을 들었다. 무슨 일인지 달려가 보았더니 시에르바 마리아는 바닥에서 발길질을 해 대고, 소녀의 물결치는 구릿빛 머리카락에 파묻힌 사군타가 그녀 위에 올라타 성 우베르토의 기도를 미친 듯이 읊조리고 있었다. 베르나르다는 해먹 줄로 두 사람을 매질했다. 처음에는 놀라 바닥에 그대로 있는 그들을 후려갈기더니 마침내는 숨이 턱에 찰 때까지 온 집 안 구석을 쫓아다니면서 매질했다.

토리비오 데 카세레스 이 비르투데스 주교는 시에르바 마리아의 발작과 소동에 대한 추문에 경악하여 후작에게 전갈을 보냈다. 만나자는 이유도 날짜도 시간도 밝히지 않고 보자고만 해서 후작은 대단히 긴급한 사안으로 여겼다. 후작은 조바심이 나서 전갈을 받은 바로 그날 연락도 없이 불쑥 찾아갔다.

주교는 후작이 이미 공적인 생활에서 물러난 이후에 주교직을 맡았는지라 두 사람은 거의 본 적이 없었다. 게다가 주교는 건강이 말이 아니었다. 혼자 거동하기 힘들 만큼 몸집이 우람하고, 신앙심이 시험대에 오를 정도의 악성 천식으로 피폐해져 있었다. 그가 없으면 안 되는 수많은 공식 모임에 빠지는 데다가, 어쩌다 참석한 모임에서도 사람들과 거리를 유지해서 점점 실재하지 않는 인물처럼 여겨지게 되었다.

후작은 군중 틈에 끼어 먼발치서 주교를 몇 번 본 적이 있었다. 하지만 그에 대해 남아 있는 기억이라고는 주교가 고관들이 든 천개(天蓋) 가마를 타고 참석한 어느 미사에서의 모습뿐이었다. 커다란 몸뚱어리와 예복에 주렁주렁 달린 장식들 때문에 언뜻 보아서는 뚱보 노인네 같았지만, 보기 드문 초록색 눈에 빈틈없어 보이는 말끔한 얼굴은 나이를 초월한 품위를 고스란히 간직하고 있었다. 가마 근처에는 교황의 신비로운 후광이 빛을 발했다. 그를 가까이에서 본 사람들도 번득이는 현명함과 주교다운 권능에서 그 후광을 느낄 수 있었다.

주교가 사는 곳은 도시에서 가장 오래된 궁으로 넓고 황폐한 2층 건물이었다. 주교는 한 층의 절반도 사용하지 않았다. 그 궁은 나란히 있는 대성당과 거무칙칙한 아치 회랑을 공유하고, 메마른 잡초 사이에 방치된 수조가 있는 정원을 갖고 있었다. 돌로 세공된 위풍당당한 궁 정면과 통나무 대문마저 방치된 흔적을 드러냈다.

인디오 집사가 대문에서 후작을 맞았다. 후작은 현관에 엎드려 있는 거지들에게 잔돈푼을 적선하고 서늘한 그늘로 들어섰다. 그 순간 오후 4시를 알리는 우렁찬 종소리가 중앙 성당에서 울리더니 후작의 배 속에서 메아리쳤다. 중앙 복도가 너무 어두워서, 보이지도 않는 인디오 집사를 따라가느라 걸음을 내디딜 때마다, 잘못 놓인 동상이나 건물 부스러기 장애물에 부딪치지 않을까 걱정했다. 채광창이 달려서 훤한 작은 대기실이 복도 끝에 있었다. 집사가 그곳에 멈춰 서더니 앉아서 기다리라고 후작에게 이르고는 곁에 딸린 문으로 들어갔다. 후작은 그대로 서서 중앙 벽에 걸린 초상화를 뜯어보았다. 근위대 제복을 입은 젊은 군인을 그린 유화였다. 그림 가장자리의 구리 표찰을 읽고서야 주교의 젊은 시절 초상화라는 것을 알았다.

집사가 문을 열더니 들어오기를 청했다. 후작은 발을 떼기도 전에 주교를 다시 볼 수 있었다. 초상화에서보다 마흔 살 더 많은 모습이었다. 천식에 시달리고 더위에 녹아난 상태인데도 주교는 사람들 말보다 훨씬 더 몸집이 크고 위엄이 있었다. 비 오듯 땀을 흘리며 필리핀 흔들의자를 천천히 움직이면서 간신히 부채질을 했고, 숨을 편히 쉬려고 몸을 앞으로 기울이고 있었다. 농부 샌들을 신고 성긴 아마포 통짜 옷을 입었는데, 옷은 비누로 너무 자주 빨아 군데군데 해져 있었다. 주교의 곤궁함이 사실임이 한눈에 드러났다. 그러나 가장 눈에 띄는 점은 영혼이 특별한 사람만이 지닐 수 있는 맑은 눈이었다. 주교는 문가의 후작을 보자마자 흔들의자를 멈추고 부채로 반가움을 표했다.

"들어오게, 이그나시오. 편히 하고."

후작이 손에 난 땀을 바지에 닦고 문지방을 넘어섰더니 노란 풍경초와 양치류 덩굴 그늘이 진 야외 테라스였다. 도시 내 모든 성당의 탑, 주요 저택의 불그스름한 지붕, 더위에 잠든 비둘기 둥지, 유리알 하늘에 맞서고 있는 선명한 요새, 불타는 바다가 보였다. 주교가 철저히 의도적으로 군인 출신다운 손을 내밀었고, 후작은 반지에 입을 맞추었다.

천식 때문에 주교는 숨을 거칠고 크게 몰아쉬었으며, 예기치 않게 나오는 한숨과 밭은기침 때문에 하던 말을 계속 중단해야 했다. 그런데도 여전히 말솜씨는 능란했다. 주교는 일상의 소소한 일에 대해 자연스럽게 대화를 이끌어갔다. 주교 앞에 앉은 후작은 너무도 즐겁게 늘어진 그 서두가 위안이 되어 감사했다. 그러던 중 두 사람은 5시를 알리는 종소리에 놀랐다. 그것은 소리라기보다 오후의 햇살을 울리게 만든 진동이었다. 놀란 비둘기 떼가 하늘을 뒤덮었다. 주교가 말했다.

"끔찍한 일이지. 매 시각이 내 오장육부를 지진처럼 뒤흔드니."

그 말이 후작을 놀라게 했다. 4시를 알리는 종소리가 났을 때 그 자신이 생각한 것과 똑같았기 때문이었다. 주교는 이를 우연의 일치라고 생각했다.

"생각에는 임자가 없는 법이지."

주교가 손가락으로 허공에 일련의 원을 그리더니 말을 맺었다.

"생각이 저기 날아가고 있다네, 마치 천사처럼."

수발드는 수녀가 양쪽에 손잡이가 달린 긴 병을 가져왔다. 과일을 잘게 썰어 넣은 포도주가 담겨 있었다. 또한 그와 함께 김이 모락모락 나는 물이 담긴 큰 접시도 가져왔는데 약 냄새가 공기 중에 퍼졌다. 주교는 눈을 감고 김을 들이마셨다. 그리고 무아지경에서 깨어났을 때는 영 딴판이었다. 자신의 권위를 완벽하게 보여 주었던 것이다.

"그대를 오라고 한 이유는 그대가 신을 필요로 하면서도 엉뚱한 짓을 하고 있는 걸 알기 때문이야."

주교의 목소리에서는 오르간 멜로디가 사라졌고, 눈동자는 현세의 광채를 회복했다. 후작은 주교에게 대응하기 위해 포도주 절반을 단숨에 들이켜고 최대한 공손하게 말했다.

"고귀하신 주교님, 한 인간이 겪을 수 있는 가장 큰 재앙이 제게 닥쳤다는 것을 헤아려 주셨으면 합니다. 저는 신앙심을 잃었습니다."

주교가 담담하게 대답했다.

"아들아, 벌써 알고 있느니. 어찌 모를 수 있을까."

주교는 약간은 즐거워하며 이렇게 말했다. 왜냐하면 그 역시 근위병으로 모로코에 간 스무 살에 전투의 굉음 때문에 신앙심을 잃어 본 적이 있기 때문이다. 주교가 말했다.

"그때 하느님이 하느님이기를 포기하셨다는 확신이 전광석화처럼 뇌리를 스쳤지."

두려움에 사로잡힌 젊은 날의 주교는 기도와 금욕에 몰두하는 생활을 하였다.

"하느님이 긍휼히 여기시어 내 천직이 무엇인지 가르쳐 주실 때까지 계속 그랬지. 그러니 가장 중요한 것은 그대가 믿지 않는다는 사실이 아니라, 하느님이 그대를 계속 믿고 있다는 사실이야. 그에 대해서는 추호도 의심하면 안 돼. 왜냐하면 그분이야말로 당신의 무한한 근면함으로 그대에게 이 위안을 베풀어 주도록 길을 밝혀 주셨으니까."

"제 불행을 혼자 조용히 짊어지고 싶었습니다."

"그렇다면 전혀 뜻대로 되지 못했네. 그대의 가련한 딸이 음탕한 몸짓으로 바닥을 뒹굴고 우상 숭배자들의 알아들을 수 없는 언어로 짖는다는 것은 이미 공공연한 비밀이니까. 악마에 씐 명백한 징후가 아니겠는가?"

후작은 소스라쳐 놀랐다.

"무슨 말씀을 하시는 겁니까?"

"악마에게는 수많은 술책이 있는데, 추잡한 병을 가장하여 순진 무구한 육체에 들어가는 일이 아주 흔하지. 일단 몸속에 들어가면 인간의 힘으로는 쫓아낼 방도가 없어."

후작은 개에게 물린 상처 때문에 행한 갖가지 치료에 대해 설명했지만 주교는 늘 자기 식으로 해석했다. 그리고 주교 스스로도 익히 알고 있는 사실을 후작에게 물었다.

"아브레눈시우가 어떤 사람인지 아나?"

"딸아이를 처음 진찰한 의사입니다."

"그대 입으로 듣고 싶던 말이었네."

주교는 가까이에 둔 작은 종을 흔들었다. 기껏해야 서른 살 남짓되어 보이는 사제 하나가, 마치 호리병에서 풀려난 정령처럼 즉각 나타났다. 주교는 그를 카예타노 델라우라 신부라고만 소개하고 자리에 앉혔다. 그는 더위 때문에 실내용 신부복을 입고 있었고, 주교와 똑같은 샌들을 신고 있었다. 인상이 강렬하고 창백하며 눈빛이 살아 있는 사람이었다. 머리가 아주 검었지만 백반증 때문에 이마

쪽에 흰 반점이 있었다. 짧은 호흡과 격정적인 손으로 미루어보아 행복한 사람은 아니었다. 후작이 신부에게 물었다.

"우리가 아브레눈시우에 대해 아는 것이 무엇이지?"

델라우라 신부는 생각할 필요도 없었다.

"아브레눈시우 드 사 페레이라 카웅 말이시죠."

신부가 의사의 이름을 또박또박 발음했다. 그러고는 즉각 후작을 향해 말했다.

"후작님, 그의 마지막 성 '카웅'이 포르투갈어로 개를 뜻한다는 사실을 알고 계셨습니까?"

델라우라가 말을 이었다. 엄격히 말해 그것이 의사의 진짜 이름인지는 아무도 몰랐다. 종교 재판소 자료에 따르면 아브레눈시우는 이베리아 반도에서 추방된 유대계 포르투갈인으로 이곳에서는 그에게 감사하는 지사의 비호를 받고 있었다. 아브레눈시우는 투르바코 일대의 청정수로 지사의 1킬로그램짜리 종양을 치료해 줬었다. 신부는 의사의 요망한 처방, 죽음을 예고하는 오만 방자함, 남색 가능성, 자유분방한 독서, 무신론자 같은 삶에 대해 말했다. 하지만 의사에게 실제로 뒤집어씌운 유일한 죄목은 겟세마니의 한 재봉사를 부활시켰다는 것이었다. 어린 재봉사에게 이미 수의를 입히고 관에 넣었을 때 아브레눈시우가 그에게 일어나라고 명했다는 신빙성 있는 증언이 수집되었다. 다시 살아난 그 애가 다행히도 자신은 한번도 의식을 잃은 적이 없다고 종교 재판소에서 증언했다. 델라우라가 말했다.

"그 증언이 아브레눈시우를 화형에서 구했죠."

마지막으로 신부는 산라사로 언덕에서 죽어 성스러운 땅에 묻힌 말 사건을 언급했다.

후작이 끼어들었다.
"아브레눈시우는 말을 사람처럼 사랑했습니다."
신부가 말했다.
"우리의 믿음에 대한 모욕이었습니다. 백 살 먹은 말은 신의 피조물일 수 없어요."
후작은 사적인 농담이 종교 재판소 자료에 기록되었다는 사실에 놀랐다. 후작은 의사를 미적지근하게 옹호했다.
"아브레눈시우는 떠버리죠. 하지만 제 소견으로는 떠버리와 이단은 한참 거리가 멉니다."
주교가 논의의 방향을 흐리지 않았다면 두 사람의 토론은 신랄하고 끝이 없었을 것이다.
"의사들이 무어라고 하건 인간에게 광견병은 하느님의 적이 쳐놓은 수많은 덫 중 하나지."
후작은 이해가 되지 않았다. 주교가 너무나 극단적인 설명을 하니 마치 영원한 불구덩이에 떨어뜨리는 벌을 내리겠다는 전주곡 같았다. 주교가 말을 맺었다.
"다행히도, 비록 그대 아이의 육신이 회복 불가능하더라도 하느님께서는 소녀의 영혼을 구할 방법을 우리에게 주셨어."
숨 막히는 어둠이 세계를 장악했다. 후작은 옅은 자주색 하늘에서 첫 번째 샛별을 보았고, 지저분한 집에 혼자 남아 돌팔이 의사들의 엉터리 치료로 손상된 발을 질질 끌고 다니고 있을 딸을 생각했다. 후작은 겸허한 됨됨이 그대로 물었다.
"제가 어찌해야 합니까?"
주교는 조목조목 설명해 주었다. 후작이 해야 할 일마다, 특히 가능한 한 빨리 소녀를 맡겨야 할 산타클라라 수녀원에서 주교의 이름을 사용해도 좋다고 허락했다.

"아이를 우리 손에 맡기게. 그 후의 일은 하느님이 하실 테니."

후작은 올 때보다 더 비탄에 잠겨 주교와 헤어졌다. 마차 창문을 통해 적막한 거리와, 물웅덩이에서 벌거벗고 목욕을 하는 아이들과, 새들이 여기저기 흩어 놓은 쓰레기를 바라보았다. 모퉁이를 돌자 늘 그 자리에 있는 바다가 보였다. 불안감이 엄습했다.

어둠에 휩싸인 집에 도달했을 때 삼종 기도를 알리는 안젤루스 종이 울렸다. 후작은 도냐 올라야가 죽은 뒤 처음으로 "주님의 천사가 마리아에게 아뢰니."라고 큰 목소리로 기도했다. 티오르바의 현이 마치 물 밑에서 소리를 내듯 어둠 속에서 흐느꼈다. 후작은 음악 소리가 나는 방향으로 더듬더듬 짚어 가 딸의 침실에 이르렀다. 시에르바 마리아가 그곳에 있었다. 새하얀 가운을 걸치고 화장대 의자에 앉아 머리카락을 바닥까지 풀어헤치고는 후작에게서 배운 기초 연습곡을 켜고 있었다. 정오까지만 해도 돌팔이 의사들의 무자비함으로 인해 바닥에 널브러져 있던 바로 그 아이라는 것을 믿을 수가 없었다. 기적이라도 일어난 듯싶었다. 그러나 순간적인 희망이었을 뿐이다. 후작이 온 것을 깨달은 시에르바 마리아는 연주를 멈추고 다시 고통스러워했다.

후작은 밤새 소녀 곁에 있었다. 그는 마치 꾸어다 놓은 보릿자루처럼 서툴게 딸의 잠자리를 보살펴 주었다. 후작이 잠옷을 거꾸로 입혀 주는 바람에 소녀는 벗어서 다시 똑바로 입어야 했다. 그는 처음으로 딸의 알몸을 보았다. 앙상한 갈비뼈와 작은 젖멍울과 솜털이 보기 안쓰러웠다. 부어오른 복사뼈에는 새빨간 자국이 있었다. 소녀를 눕혀 주는 동안 들릴 듯 말 듯한 신음 소리가 연신 새어 나왔다. 후작은 소녀가 죽는 것을 도와주는 느낌이 들어 흠칫했다.

후작은 신앙심을 잃은 이후 처음으로 기도를 해야 한다는 압박감을 느꼈다. 기도실로 가서 온 힘을 다해 자신을 버린 신을 되찾으려 했지만 헛수고였다. 의심이 믿음보다 강했던 것이다. 의심은 인간의 감각 기관에서 비롯되기 때문이다. 소녀가 새벽 찬 공기에 기침하는 소리가 여러 번 들려서 후작은 딸의 침실로 갔다. 가던 중에 베르나르다의 침실 문이 조금 열려 있는 것을 보았다. 자신의 신앙적인 의심을 토로하지 않으면 못 견딜 것만 같아 문을 밀었다. 베르나르다가 코를 시끄럽게 골면서 바닥에 엎드려 잠들어 있었다. 후작은 손잡이를 잡고 고개만 방 안에 들이민 채로 있었을 뿐 그녀를 깨우지 않았다. 후작이 혼잣말로 "그대 목숨과 아이 목숨을 바꿀 수 있다면." 하고 말했다. 그러더니 이내 고쳐 말했다.

"우리 부부의 같잖은 목숨과 아이 목숨을 바꿀 수 있다면, 젠장!"

소녀는 잠들어 있었다. 그는 소녀가 힘없이 꼼짝 않고 자는 모습을 보고 과연 자신이 아이가 죽기를 원하는지 아니면 광견병의 형벌로 고생하는 것을 보기를 원하는지 자문했다. 박쥐가 피를 빨아 먹지 못하게 모기장을 가지런히 하고, 딸이 계속 기침하지 않도록 옷을 여미어 주고, 이 세상 그 무엇보다도 더 딸을 사랑한다는 새로운 희열에 들떠 침대 옆에서 밤을 지새웠다. 그때 신에게도, 또 그 누구에게도 의논하지 않고 일생일대의 결정을 내렸다. 새벽 4시에 시에르바 마리아가 눈을 떴을 때 침대 옆에 앉아 있는 아버지가 보였다. 후작이 말했다.

"이제 떠나야 할 시간이란다."

소녀는 후작이 더 이상 설명하지 않아도 자리에서 일어났다. 후작은 소녀가 옷 입는 것을 도와주었다. 그리고 반장화 뒤축 때문에 복사뼈가 아플까 봐 궤짝을 뒤져 비로드 슬리퍼를 찾았다. 슬리퍼 대신 후작의 모친이 어렸을 때 입었던 드레스가 튀어나왔다. 세월 때문에 상하고 빛이 바래 있었다. 하지만 분명 두 번 입은 옷은 아니었다. 후작은 딸의 산테리아 목걸이들과 세례 목걸이 위에 거의 한 세기 전 옷을 입혔다. 옷이 좀 작아서 어째 더 고풍스러워 보였다. 역시 궤짝에서 발견한 모자도 씌워 주었다. 다채로운 색상의 리본이 옷과 전혀 안 어울렸지만 크기는 소녀에게 딱 맞았다. 마지막으로 후작은 작은 손가방을 싸 주었다. 잠옷, 이까지 긁어 낼 만큼 촘촘한 빗, 표지에 자개를 박고 금 보강재를 사용한 조모의 기도서를 가방에 넣었다.

그날은 종려 주일*이었다. 후작은 딸을 5시 미사에 데리고 갔다. 시에르바 마리아는 어디 쓰는지도 모르면서 은총이 깃든 종려나무 가지를 기분 좋게 받았다. 성당에서 나온 두 사람은 마차 안에서 동이 트는 것을 보았다. 아버지는 손가방을 무릎에 놓고 뒷자리에 앉았고, 무덤덤한 딸은 그 맞은편에 앉아서 열두 살 인생의 마지막 거리들이 창문 밖으로 스쳐 지나가는 것을 덤덤히 바라보았다. 시에르바 마리아는 그렇게 이른 시각에 자신을 광녀 후아나**처럼 입히고

---

* 예수가 예루살렘에 입성한 주일로 부활절 직전의 일요일이다. 신자들은 종려나무 가지를 들고 축하 행렬을 벌인다.
** 스페인의 이사벨 여왕과 페르난도 왕의 딸. 바람둥이였던 남편 때문에 질투에 사로잡혀 살았다. 남편이 죽자 저승에서 바람을 피우지 못하게 하려고 그의 매장을 거부했다. 결국 광기 때문에 유폐되었으며, 남편 사후 46년간 늘 검은 옷을 입고 한 번도 몸을 씻지 않았다고 한다.

사랑과 다른 악마들 77

매춘부 모자를 씌워 데려가는데도 어디로 가는지 전혀 관심이 없었다. 오랫동안 생각에 잠겨 있던 후작이 딸에게 물었다.

"하느님이 누구신지 아니?"

소녀는 머리를 저었다.

수평선 멀리 번개와 천둥이 치고, 하늘에는 잔뜩 구름이 끼었고, 바다는 거칠었다. 한 모퉁이를 돌자 외딴곳에 위치한 하얀색의 산타클라라 수녀원이 나타났다. 어느 해변의 쓰레기터 위에 지은 3층 건물로 푸른색 블라인드가 쳐져 있었다. 후작이 수녀원을 가리키며 말했다.

"저기에 하느님이 계신단다."

그리고 왼쪽을 가리켰다.

"언제든 창문에서 바다를 볼 수 있을 거야."

딸이 들은 척도 하지 않자 후작은 시에르바 마리아가 자신에게 닥친 운명이 무엇인지 결코 이해하지 못할 설명만 늘어놓았다.

"너는 산타클라라 수녀원 수녀들과 함께 며칠 휴식을 취할 거야."

종려 주일이라 수녀원의 회전문에는 평소보다 거지가 많았다. 거지는 물론, 그들과 수도원의 남은 음식을 다투던 문둥병자 몇 명이 후작 쪽으로 손을 내밀며 달려들었다. 후작은 잔돈푼을 나누어주었다. 가지고 있던 구리 동전이 다 떨어질 때까지 그들에게 한 닢씩 주었다. 문지기 수녀가 검은 태피터 옷을 입은 후작과 여왕 차림의 소녀를 보고 길을 열고 다가왔다. 후작은 주교의 명령으로 시에르바 마리아를 데리고 왔노라고 설명했다. 후작이 말하는 품새를 본 수녀는 별다른 의심을 품지 않았다. 수녀가 소녀의 모습을 살피더니 모자를 벗겼다.

"이곳에서는 모자를 착용할 수 없습니다."

모자는 후작에게 남겨졌다. 후작이 손가방을 건네주려 했지만 수녀가 받지 않았다.

"아무것도 부족하지 않을 겁니다."

엉망으로 땋은 머리가 흘러내려 거의 땅바닥에 닿을 지경이었다. 수녀는 진짜 머리카락이라고는 생각지 않았다. 후작이 머리를 둘둘 감으려고 했다. 딸이 그를 제지하더니 아무런 도움 없이 스스로 머리를 정돈했다. 너무나 능수능란해서 수녀가 놀랐다.

"머리카락을 잘라야겠습니다."

"결혼하는 날까지 자르지 않기로 성모 마리아에게 맹세한 머리카락입니다."

수녀는 합당한 이유 앞에 수긍했다. 수녀가 소녀의 손을 잡고는 작별 인사를 나눌 틈도 없이 회전문을 통과시켰다. 소녀는 걸을 때 복사뼈가 아파서 왼쪽 슬리퍼를 벗었다. 후작은 슬리퍼를 손에 들고 맨발로 절뚝거리며 멀어져 가는 딸을 지켜보았다. 소녀가 여느 때와 달리 자비심을 발휘하여 뒤돌아보기를 기대했지만 허사였다. 상처 난 발을 이끌고 정원의 회랑을 지나, 산송장들이 사는 건물로 사라지는 모습이 딸에 대한 마지막 기억이었다.

3

바다를 마주한 산타클라라 수녀원은 네모반듯한 3층 건물로 똑같은 모양의 수많은 창문이 달렸고, 조악하고 을씨년스러운 정원 주변에 반원 아치가 세워진 회랑이 있었다. 어린 바나나 나무들과 야생 양치류 사이로 작은 돌길이 났고, 햇빛을 찾아 옥상보다 더 크게 자란 늘씬한 야자수 한 그루와 가지마다 바닐라 덩굴과 난초가 주렁주렁 걸린 거대한 나무 한 그루가 있었다. 이 거대한 나무 밑에는 썩은 물이 담긴 수조가 있었다. 금강앵무들이 줄타기 곡예를 하는 녹슨 쇠가 수조 가장자리를 두르고 있었다.

수녀원 건물은 정원을 사이에 두고 두 부분으로 나뉘었는데 오른편에 산송장들이 거주하는 3층 건물이 있었다. 절벽에서 들리는 썰물 소리나 성무 일과 기도나 찬미가 소리 외에는 거의 적막이 감도는 곳이었다. 이 3층 건물은 내부 문을 통해 예배당과 연결되었다. 평생 수녀원 안에서만 생활하는 봉쇄 수녀들이 일반 예배석을 거치지 않고 성가대석에 입장할 수 있도록 만든 문이었다. 수녀들은 모습이 보이지 않도록 살창 뒤에서 미사를 드리고 성가를 불렀다. 스페인 장인이 고상한 목재로 만든 격자 천장이 수녀원 전체를 뒤덮고 있었다. 그는 주 제단에 있는 벽감에 묻힐 권리를 얻으려고 반평생을 바쳐 천장을 만들었다. 그리고 그곳의 대리석 반석 뒤의 비좁은 자리를, 거의 두 세기 동안 재직해 온 수녀원장들과 주교들, 그 밖의 유지들과 더불어 차지하고 있었다.

시에르바 마리아가 수녀원에 들어갔을 때는 각기 하인들을 거느린 스페인 봉쇄 수녀 여든두 명과, 부왕령 내의 명망가 출신인 크리오요 봉쇄 수녀 서른여섯 명이 있었다. 수녀들이 청빈, 침묵, 순결의 수도 서원을 하고 나면, 외부와 유일하게 접촉할 수 있는 길은 아주 드물게 외부 방문을 받을 때뿐이었다. 그나마 말소리만 들릴 뿐 빛은 통하지 않는 나무 살창을 사이에 두고 면회실에서 방문자를 만날 수 있었다. 면회실은 입구 회전문 옆에 위치했고, 규정에 따라 제한적으로 면회실을 사용했으며 늘 입회인 입회 아래 면회가 이루어졌다.

정원 왼쪽에는 학교를 비롯해 오만 가지 작업장이 있었고, 수련 수녀와 수공예 여선생들로 득실댔다. 장작을 때는 아궁이와 육류 조리대, 커다란 빵 가마를 갖춘 널찍한 부엌이 딸린 행랑채도 있었다. 더 안쪽으로는 빨래 때문에 늘 질퍽질퍽한 뜰이 하나 있고, 그곳에는 여러 노예 가족이 함께 살고 있었다. 그리고 마지막으로 마구간, 양 우리, 돼지우리, 텃밭, 양봉장 등이 있었다. 품위 있는 삶을 위해 필요한 것은 무엇이든 기르고 재배하는 것이었다.

그 모든 곳을 지나치면 신의 손길로부터 가능한 한 먼 곳에 방치된 외딴 건물이 있었다. 68년간 종교 재판소 감옥으로 사용된 건물이었고, 산타클라라회의 탈선한 수녀들에게 여전히 그런 용도로 사용되었다. 바로 그 망각의 공간, 그곳에서도 맨 마지막 방에 시에르바 마리아를 가두었다. 개에게 물린 지 93일째였고, 아무런 광견병 증상도 없는 상태에서 감금해 버린 것이다.

시에르바 마리아의 손을 잡고 데려가던 문지기 수녀는 복도 끝에서 부엌으로 가던 수련 수녀를 만났고, 소녀를 수녀원장에게 데려가 달라고 부탁했다. 수련 수녀는 너무 기력도 없고 또 너무나 잘 차려입은 소녀를 시끌벅적한 부엌으로 데려가는 것이 현명치 못한 일 같아서 정원의 돌 의자에 앉혀 두었다. 나중에 데려갈 생각이었던 것이다. 하지만 돌아오는 길에 그만 시에르바 마리아를 챙기는 것을 잊어버렸다.

나중에 그곳을 지나던 수련 수녀 두 명이 시에르바 마리아의 목걸이와 반지에 흥미를 보이며 누구인지 물었다. 소녀는 대답하지 않았다. 스페인어를 할 줄 아냐고 물었지만 마치 시체에게 말을 건네는 듯했다. 그중 젊은 수련 수녀가 말했다.

"귀머거리에 벙어리인가 봐."

다른 수련 수녀가 말했다.

"아니면 독일 애겠지."

젊은 수련 수녀 하나가 시에르바 마리아를 오감이 모두 없는 사람처럼 다루기 시작했다. 목덜미에 둘둘 말려 있는 땋은 머리를 풀어 길이를 재고는 소녀가 알아듣지 못할 거라고 확신하며 말했다.

"거의 4쿠아르타야."

수련 수녀는 소녀의 머리를 헝클었다. 하지만 시에르바 마리아가 사납게 째려보았다. 수련 수녀가 그 시선에 멈칫하더니 혀를 날름 내밀며 말했다.

"너 악마의 눈을 하고 있구나."

그 수련 수녀는 별다른 저항을 받지 않고 시에르바 마리아의 반지를 빼냈다. 하지만 또 다른 수련 수녀가 목걸이를 벗겨 내려고 하자 소녀는 독사로 돌변하여 갑자기 수녀의 손을 꽉 깨물었다. 그 수련 수녀는 피를 씻으려고 달려갔다.

수녀들이 오전 9시 기도 성가를 불렀을 때, 시에르바 마리아는 수조 물을 먹으려고 일어난 참이었지만 노랫소리에 놀라 물도 마시지 않고 자리로 되돌아왔다. 하지만 수녀들의 찬송가라는 것을 알고는 다시 수조로 향했다. 시에르바 마리아는 썩은 나뭇잎 응고물을 능숙한 솜씨로 후려치고는 각종 애벌레도 걸어 내지 않고 고개를 처박고서 실컷 물을 마셨다. 그러고는 나무 뒤에 쭈그리고 앉아서, 도밍가가 가르쳐 준 대로, 해로운 동물이나 음흉한 남자들을 방비하기 위해 나무 막대기를 준비해 놓고 오줌을 누었다.

잠시 후 여자 흑인 노예 두 명이 지나가다가 산테리아 목걸이를 알아보고는 시에르바 마리아에게 요루바어로 말을 건넸다. 소녀는 신이 나서 같은 언어로 대답했다. 아무도 시에르바 마리아가 왜 그곳에 있는지 알지 못했으므로, 노예들은 그녀를 시끌시끌한 부엌으로 데리고 갔다. 그곳의 노예들은 시에르바 마리아를 호들갑스럽게 환영했다. 그때 누군가가 복사뼈 상처를 발견하고 무슨 일이 있었는지 궁금해했다. 시에르바 마리아가 대답했다.

"엄마가 칼로 그랬어요."

이름을 묻는 이들에게는 마리아 만딩가라는 자신의 흑인식 이름을 알려 주었다.

시에르바 마리아는 금방 자신의 세계를 되찾았다. 죽지 않으려고 발버둥 치는 새끼 산양의 목을 따는 것을 도왔고, 산양의 눈알을 파내고 고환을 잘랐다. 그녀가 제일 좋아하는 부위들이었다. 부엌에서는 어른들과, 뜰에서는 아이들과 팽이치기를 하여 모두 이겼다. 요루바어와 콩고어와 만딩고어로 노래도 불렀는데, 그 언어를 모르는 사람들까지 넋을 잃고 노래를 들었다. 점심으로는 새끼 산양의 고환과 눈알 요리를 먹었다. 매운 향신료로 양념하고 돼지비계를 둘러 삶은 요리였다.

그 시각에는 수녀원장 호세파 미란다만 빼고 수녀원의 모든 사람이 소녀가 수녀원에 있다는 것을 알았다. 수녀원장은 비쩍 마르고 성깔 있는 사람이었는데, 집안 내력대로 융통성이 없었다. 종교 재판의 그림자가 드리워진 스페인 부르고스에서 교육을 받아 그렇지만 군림하는 재주나 지독한 편견만은 그녀 내부에 늘 잠재해 있던 것들이었다. 휘하에 유능한 부수녀원장을 둘이나 두었지만 필요가 없었다. 그녀 스스로 누구의 도움도 없이 모든 일을 도맡았기 때문이다.

현지 주교단에 대한 수녀원장의 증오는 그녀가 태어나기 거의 100년 전에 시작되었다. 역사적인 대분쟁에서 늘 그러하듯, 발단은 돈 문제 및 산타클라라회 수녀들과 프란체스코파 주교 사이의 관할권을 둘러싼 아주 사소한 이견이었다. 주교가 완강하게 나오자 수녀들은 관청의 지지를 이끌어 냈다. 그것이 전쟁의 시작이었고, 어느 순간부터는 모든 사람의 전쟁이 되어 버렸다.

다른 공동체들의 지원을 등에 업은 주교는 굶주림에 지쳐 항복하도록 수녀원을 포위하고, '케사티오 아 디위니스', 즉 새로운 명령이 있을 때까지 그 도시의 모든 종교 업무를 정지시키는 훈령을 공표했다. 시민들은 여러 갈래로 분열되었고, 세속 당국과 종교 당국들은 제각각 지원 세력을 등에 업고 대립하였다. 그러나 산타클라라회 수녀들은 여전히 살아남아 포위된 지 6개월이 지나도 전투태세를 유지했다. 그러다가 산타클라라회 지지자들이 물자를 공급해 주던 굴이 발견되었다. 프란체스코파는 이번에는 새 지사의 지원으로 산타클라라 수녀원의 봉쇄 구역을 범하고 수녀들을 내쫓았다.

감정이 가라앉고 빈 수녀원을 산타클라라회 수녀들에게 되돌려 주기까지는 20년의 세월이 필요했다. 그러나 한 세기 후까지도 호세파 미란다는 천천히 증오를 달구고 있었다. 수련 수녀들을 세뇌하고, 폐부 깊숙이 증오를 심어 주고, 모든 원초적인 잘못을 주교인 데 카세레스 이 비르투데스는 물론 주교와 관련된 모든 것에 돌렸다. 그래서 카살두에로 후작이, 악마에 씌어 생명이 위태로운 열두 살짜리 딸을 수녀원에 데리고 갈 거라는 주교의 전갈을 들었을 때 수녀원장의 반응은 뻔했다. 그녀는 딱 한 가지만 물었을 뿐이다. "그런 성을 가진 후작이 있어?" 가시가 이중으로 돋친 질문이었다. 주교와 관련된 일이었던 데다가 그녀는 평소에 크리오요 귀족을 '성가신 귀족'이라고 부르면서 그 정통성을 부인해 왔기 때문이다.

수녀원장은 점심시간까지도 수녀원 안에서 시에르바 마리아를 볼 수 없었다. 문지기 수녀가 부수녀원장에게 말했다. 동이 틀 무렵 상복을 입은 남자가 여왕처럼 차려입은 금발 소녀를 자신에게 넘겨주었지만, 마침 거지들이 종려 주일의 타피오카 수프를 차지하려고 난리를 칠 때라 소녀에 대해 아무것도 알아 보지 못했다는 것이다. 문지기 수녀는 자신의 말을 입증하려고 여러 가지 색깔의 리본들이 달린 모자를 건네주었다. 사람들이 소녀를 찾고 있을 때 부수녀원장은 수녀원장에게 모자를 보여 주었다. 수녀원장은 단박에 누구 것인지 알아챘다. 그녀는 손가락 끝으로 모자를 집더니 멀찌감치 들고 살펴보았다.

"마리토르네스*의 모자를 쓴 후작 딸이라……. 사탄이 꼬일 수밖에."

수녀원장은 오전 9시에 면회실로 가는 길에 소녀가 앉아 있던 곳을 지났다. 수도 공사 가격에 대해 미장이들과 다투느라고 정원에서 지체하기도 했다. 그러나 돌 의자에 앉아 있던 시에르바 마리아를 보지는 못했다. 그곳을 여러 차례 지나야 했던 다른 수녀들도 그녀를 보지 못했다. 반지를 빼앗았던 두 수련 수녀도 오전 9시 예배에서 기도 성가를 부른 후 그곳을 다시 지나갔을 때는 그녀를 보지 못했다고 맹세했다.

수녀원장은 막 낮잠에서 깨어났을 때 수녀원 경내 전체에 울려 퍼지는 독창 소리를 들었다. 그녀가 침대 옆에 걸린 줄을 잡아당기자 수련 수녀 하나가 즉시 어스름한 방에 나타났다. 수녀원장은 누가 그렇게 노래를 잘하는지 물었다.

"그 소녀입니다."

아직 잠에 취한 수녀원장이 중얼거렸다.

"아주 아름다운 목소리군."

그 말을 하고 난 직후 수녀원장은 벌떡 일어났다.

"무슨 소녀 말이야?"

---

* 『돈키호테』에 등장하는 못생긴 하녀.

"모르겠습니다. 오늘 아침부터 뒤뜰을 들쑤셔 놓은 소녀입니다."
수녀원장이 외쳤다.

"오, 주여!"

수녀원장은 침대에서 뛰쳐나왔다. 목소리가 이끄는 대로 수녀원을 날아가듯 가로질러 하인들의 뜰까지 갔다. 넋을 잃은 하인들 가운데에서 시에르바 마리아가 머리카락을 땅바닥까지 늘어뜨린 채 작은 의자에 앉아 노래하고 있었다. 소녀는 수녀원장을 보자마자 노래를 멈췄다. 수녀원장은 목에 건 십자가를 치켜들며 말했다.

"동정녀 마리아."

모두가 말을 받았다.

"원죄 없이 잉태하신."

수녀원장은 십자가를 칼처럼 휘두르며 외쳤다.

"물러가라."

하인들은 모두 뒤로 물러났고 소녀만이 뚫어지게 수녀원장을 바라보며 경계하는 자세로 홀로 남았다. 수녀원장이 외쳤다.

"사탄의 자식아, 우리를 혼란에 빠뜨리려고 여태 모습을 드러내지 않았구나."

그래도 시에르바 마리아는 아무 말도 하지 않았다. 수련 수녀 하나가 시에르바 마리아의 손을 잡고 데려가려 했다. 하지만 기겁을 한 수녀원장이 이를 제지하며 소리 질렀다.

"아이를 건드리지 마."

그러고는 모두에게 말했다.

"아무도 건드리지 마."

소녀가 발길질을 해 대고 아무나 닥치는 대로 개처럼 물려고 하는 바람에 결국에는 여럿이서 강제로 감옥 맨 끝 방으로 데려갔다. 감옥으로 가던 중 소녀가 자신의 똥오줌으로 뒤범벅된 것을 알고는 마구간에서 물을 마구 끼얹었었다.

수녀원장이 불평을 터뜨렸다.

"이 도시에 널린 게 수녀원인데 주교는 하필 우리에게 똥 덩어리를 보내나."

감방은 넓고 벽이 조악하며 천장이 높았다. 격자 천장에는 흰개미들이 새하얗게 우글댔다. 하나뿐인 문 옆에는 둥근 나무 창살이 박힌 통짜 창이 있었는데 창문을 쇠 빗장이 가로지르고 있었다. 바다에 면한 안쪽 벽 높이 또 다른 창이 있었는데 아주 촘촘한 나무 격자창이었다. 침대에는 모르타르를 바른 받침대 위에 짚을 집어넣은 아마포 매트리스가 놓여 있었는데 오래 사용해서 닳았다. 벽 쪽에는 앉을 자리가 하나 있고, 벽에 덩그러니 걸린 십자가 아래에 제단 겸 세면대로 사용되는 책상도 있었다. 그들은 머리카락까지 흠뻑 젖어 겁에 질려 떨고 있는 시에르바 마리아를 그곳에 두었다. 그리고 악마와의 1000년 전쟁에서 승리하기 위해 조련된 간수 수녀가 소녀를 감시했다.

시에르바 마리아는 침대에 앉아 겹문 철창살을 바라보았다. 하녀가 오후 5시에 간식 접시를 가지고 갔을 때도 그 상태로 꼼짝도 하지 않고 있었다. 하녀가 목걸이를 벗기려 하자 시에르바 마리아가 그녀의 손목을 꽉 잡아 목걸이를 놓게 했다. 그날 저녁부터 쓰기 시작한 수녀원 기록에 따르면, 그 하녀는 다른 세계의 힘이 자신을 넘어뜨렸다고 증언했다.

시에르바 마리아가 가만히 있는 동안 문이 닫히고, 열쇠 꾸러미

소리가 들리고, 자물쇠에서 열쇠를 두 바퀴 돌리는 소리가 났다. 소녀는 자신이 먹어야 할 것을 보았다. 말린 고기 부스러기와 카사바 빵, 초콜릿 차 한 잔이었다. 소녀는 카사바 빵을 씹어 보다가 뱉어 버리고는 천장을 보고 누웠다. 바다가 으르렁거리는 소리, 해풍 소리, 점점 가까이 들리는 그 계절의 첫 천둥소리가 들렸다. 다음 날 아침 하녀가 음식을 가지고 다시 왔을 때, 매트리스 속의 짚을 꺼내 그 위에서 자고 있는 소녀를 발견했다. 이빨과 손톱으로 매트리스를 갈기갈기 풀어헤쳤던 것이다.

점심 때 시에르바 마리아는 아직 봉쇄 서원을 하지 않은 이들이 사용하는 식당에 순순히 따라갔다. 높고 둥근 천장과 커다란 창문이 있는 넓은 살롱이었다. 투명한 바다가 울부짖는 소리가 창문으로 들어왔고, 해안 절벽에 부딪치는 파도 소리가 아주 가깝게 들렸다. 커다랗고 투박한 식탁이 두 줄 있었고, 대부분 젊은 나이의 수련 수녀들이 식탁에 앉아 있었다. 모두들 머리를 밀고 일상적인 라사 옷을 입고 있었다. 그녀들은 명랑하고 멍청하기까지 해서 악마에 씐 소녀와 같은 식탁에서 군대식 배식 음식을 먹는다는 설렘을 숨기지 않았다.

시에르바 마리아는 중앙 문 가까이에서 딴 데 정신이 팔린 두 간수 수녀 사이에 앉아 있었고, 음식에 거의 입을 대지 않았다. 소녀에게는 수련 수녀들의 것과 똑같은 가운을 입혀 놓았고, 슬리퍼는 젖은 그대로였다. 식사를 하는 동안 아무도 소녀를 쳐다보지 않았지만, 식사 후에는 수련 수녀 여럿이 소녀를 둘러싸고 그녀의 유리알 목걸이를 감상했다. 그중 한 명이 유리알 목걸이를 벗겨 내려 했다. 시에르바 마리아는 발딱 일어나 자신을 제지하려는 간수 수녀들을 밀어젖히고 몸을 빼냈다. 그러고는 식탁에 올라가 끝에서 끝으로 뛰어다니며 마치 정말로 악마에 씐 사람이 돌격전을 감행하듯 소리를 질러 댔다. 거치적거리는 것은 모두 부수고, 창문을 뛰어넘어 뜰에 있는 나무덩굴을 엉망으로 만들고, 벌집을 건드리고, 마구간 방벽과 축사 울타리를 넘어뜨렸다. 벌들이 사방으로 흩어지고 놀란 짐승들은 울부짖으며 내달려 봉쇄 구역 침실에까지 침입했다.

그때부터 수녀원에서는 무슨 일만 있으면 시에르바 마리아의 저주 탓으로 돌렸다. 여러 수련 수녀들이 기록을 위해 증언하기를, 소녀가 요사스러운 소리를 내는 투명 날개로 날아다녔다고 했다. 가축을 우리에 넣고 벌을 벌집으로 인도하고 수녀원을 정돈하는 데 이틀의 시간과 일단의 노예들이 필요했다. 돼지들이 독살되고 물에 불길한 환영이 비치고 놀란 암탉 한 마리가 날아올라 지붕을 넘어 수평선으로 사라졌다는 풍문이 떠돌았다. 그러나 산타클라라회 수녀들의 두려움은 모순에 찬 것이었다. 수녀원장의 호들갑과 수녀들의 두려움에도 불구하고, 시에르바 마리아의 감방은 모든 사람에게 호기심의 중심지로 변했다.

봉쇄 구역의 통행금지는 저녁 7시에 찬송가를 부른 후부터 아침 6시 미사 때까지 적용되었다. 허용된 극소수의 방 외에는 모든 불을 껐다. 그러나 그때만큼 수녀원의 삶이 생기 넘치고 자유로운 때는 없었다. 복도를 오가는 그림자들이 있고, 들릴 듯 말 듯한 소리로 소곤거리거나 몰래 서두르는 기척이 역력했다. 생각지도 못한 방에서 수녀들이 스페인 트럼프나 야바위 주사위로 도박을 하고 몰래 들여온 술을 마셨다. 호세파 미란다 수녀원장이 담배를 금한 이후에는 숨어서 담배를 말아 피우기도 했다. 수녀원 안에 악마에 씐 소녀가 있다는 사실은 새로운 모험에 대한 환상을 불러일으켰다.

가장 엄숙한 수녀들조차 통행금지 이후 봉쇄 구역에서 도망쳐 두서너 명씩 짝을 지어 시에르바 마리아와 이야기하러 갔다. 소녀는 처음에는 손톱을 세우고 수녀들을 맞았지만 이내 방문자의 기분이나 그날 밤 기분에 따라 그들을 다루는 법을 배웠다. 그들이 가장 바라는 일은 불가능한 소원을 빌기 위해 소녀더러 악마의 사자가 되어 달라는 것이었다. 시에르바 마리아는 무덤 저편의 목소리나 참수된 사람들 혹은 사탄의 자식 목소리를 흉내 냈다. 많은 수녀들이 소녀의 장난을 진짜라고 믿었고, 그것이 사실이라는 기록을 남겼다. 어느 불행한 밤, 복면을 한 일단의 수녀들이 시에르바 마리아에게 재갈을 물리고 성스러운 목걸이를 벗겨 냈다. 그것은 일시적인 승리였을 뿐이었다. 급히 도망을 치던 중에, 습격을 지휘했던 수녀는 어두운 계단에서 발을 헛디뎌 머리가 박살 났다. 그녀의 동료들은 주인에게 목걸이를 돌려줄 때까지 잠시도 마음이 편하지 못했다. 아무도 다시는 밤에 소녀의 감방을 어지럽히지 못했다.

카살두에로 후작에게는 초상을 치르는 듯한 나날이었다. 자신이 한 일을 후회하는 데 걸린 시간이 소녀를 수도원에 넣는 데 걸린 시간보다도 짧았을 정도였다. 후작은 슬픔을 못 이겨 발작을 일으키더니 다시는 헤어 나오지 못했다. 몇 시간 동안 수녀원 주변을 배회하면서 딸아이가 그 수많은 창 가운데 어느 곳에서 자신을 생각하고 있을까 자문했다. 집에 돌아왔을 때, 뜰에서 초저녁의 선선함을 즐기는 베르나르다를 보았다. 시에르바 마리아에 대해 물어볼 것 같은 예감에 몸서리를 쳤으나 그녀는 그를 거들떠보지도 않았다.

후작은 사냥개들을 풀고 영원한 잠에 빠져 들었으면 하는 마음으로 침실 해먹에 몸을 눕혔다. 하지만 잠이 오지 않았다. 무역풍이 지나가고 난 뒤의 찌는 듯한 밤이었다. 무더위에 아득해진 온갖 벌레와 흡혈귀 모기가 늪지에서 떼거리로 쏟아져 나와 침실에 쇠똥을 태워 쫓아야 했다. 모든 영혼이 더위로 몽롱해졌다. 사람들은 비록 6개월 후에는 영원히 날이 개기를 간절히 바라게 될 것이지만, 그 무렵에는 그해의 첫 소나기가 내리기를 간절히 바라고들 있었다.

동이 트자마자 후작은 아브레눈시우의 집으로 갔다. 자리에 앉는 중에 벌써 고통을 같이 나누는 듯해서 크게 위로가 되었다. 후작은 다짜고짜 말했다.

"딸아이를 산타클라라 수녀원에 넣었습니다."

아브레눈시우는 무슨 말인지 이해가 되지 않았다. 후작은 의사가 당혹해하는 틈을 타서 충격타를 날렸다.

"엑소시즘 의식을 거행할 거예요."

의사는 숨을 깊이 들이마시고 아주 침착하게 말했다.

"자세히 이야기해 주십시오."

그러자 후작은 주교 방문, 간결한 기도, 맹목적인 결정, 하얗게 지새운 밤 등에 대해 이야기해 주었다. 그것은 구가톨릭교도*의 항복이나 다름없었다. 혼자 간직하고 좋아라 할 비밀을 터럭만큼도 남기지 않았던 것이다.

"이 모두가 하느님의 명령이라고 확신합니다."

"믿음을 되찾으셨다는 말씀이시군요."

"믿음을 완전히 저버리지는 못하는 법이죠. 의심은 지속되니까요."

---

* 조상 대대로 가톨릭을 믿은 가톨릭교도.

아브레눈시우는 이해할 수 있었다. 믿음을 버리면 믿음이 있던 자리에 지울 수 없는 상처가 생겨 믿음을 잊는 것을 방해한다고 늘 생각하던 터였다. 아브레눈시우가 이해할 수 없었던 일은 딸을 엑소시즘이라는 형벌에 맡겼다는 사실이다.

"엑소시즘과 흑인들의 주술은 별 차이 없습니다. 오히려 엑소시즘이 더 나빠요. 흑인들은 그들의 신에게 수탉을 희생물로 바칠 뿐이지만, 종교 재판소는 죄 없는 사람을 형틀에 묶어 놓고 사지를 찢어발기거나 산 채로 굽는 의식을 공개적으로 즐깁니다."

주교를 방문했을 때 카예타노 델라우라가 입회했다는 점이 아브레눈시우에게는 불길한 징조 같았다. 그가 단도직입적으로 말했다.

"그자는 사형장의 망나니입니다."

의사는 정신병자를 악마에 씐 사람이나 이교도로 간주하여 처형한 과거의 화형식에 대해 낱낱이 늘어놓았다.

"딸을 산송장으로 만드느니 죽이는 것이 차라리 기독교도다운 일이었을 겁니다."

후작이 성호를 그었다. 아브레눈시우는 태피터 상복 차림으로 유령처럼 떨고 있는 후작을 응시했다. 후작이 태어날 때부터 지니고 있던 불안한 눈빛이 다시 그의 눈에 번득이는 것이 보였다. 의사가 말했다.

"따님을 그곳에서 빼내세요."

"산송장들의 건물 쪽으로 걸어가는 딸아이를 보았을 때부터 나도 그러고 싶었소. 하지만 하느님의 뜻을 거역할 만한 힘이 없네요."

"그러면 힘을 내세요. 아마 언젠가 하느님도 감사할 것입니다."

그날 밤 후작은 주교에게 알현을 청했다. 아이 같은 필체로 두서도 없는 편지를 몸소 쓰고는 편지가 제대로 들어갔는지 전전긍긍하지 않으려고 직접 문지기에게 전해 주었다.

주교는 시에르바 마리아가 엑소시즘 의식을 치를 준비가 되어 있다는 보고를 월요일에 받았다. 노란 풍경초가 있는 테라스에서 간식을 먹고 난 후였다. 주교는 전갈에 대해 별로 신경 쓰지 않았다. 주교는 식사를 조금밖에 하지 않지만, 때로는 세 시간이 걸릴 정도로 천천히 먹었다. 주교 앞에 앉은 델라우라 신부가 아주 또박또박한 목소리로, 또 연극배우를 다소 흉내 낸 어조로 책을 읽어 주고 있었다. 델라우라 자신의 취향과 기준에 따라 선택한 책에 이 두 가지가 다 잘 들어맞았다.

오래된 궁은 주교에게는 지나치게 넓었다. 주교는 접견실과 침실, 그리고 우기가 시작되기 전까지 낮잠을 자고 식사를 하는 장소인 야외 테라스면 족했다. 그가 사용하는 쪽 반대편에는 델라우라가 역량을 발휘해 만들고 키우고 유지하는 주교관 공식 도서관이 있었다. 그 당시 식민지에서 가장 훌륭한 도서관 가운데 하나였다. 나머지 건물에는 지난 두 세기 동안의 잡동사니를 쌓아둔 폐쇄된 방이 열한 개 있었다.

델라우라는, 식사 시중을 드는 수녀 외에는, 주교가 식사를 하는 동안 주교관에 들어갈 수 있는 유일한 인물이었다. 사람들 말처럼 개인적인 특권 때문이 아니라 책 읽어 주는 사람의 자격으로였다. 델라우라에게는 정해진 업무도 없고 도서관장 이외의 다른 직함도 없었다. 하지만 주교와 가깝다는 점 때문에 사실상 주교 대리로 인정받았고, 주교가 델라우라를 배제하고 어떤 중요한 결정을 내리리라고는 아무도 생각하지 않았다. 내부 통로로 연결되는 옆 건물에 그의 방이 있었고, 그 건물에는 교구 직원들과 주교의 집안 살림을 맡아 하는 수녀 대여섯 명의 사무실과 방들이 있었다. 그러나 델라우라의 진짜 집은 도서관이었다. 그는 그곳에서 열네 시간씩 일하고 책을 읽었으며, 군용 간이침대를 비치해 놓고 잠이 올 때 사용했다.

그 역사적인 오후에 새로운 일이 있었다면 델라우라가 책을 읽다가 여러 번 더듬거렸다는 것이다. 그리고 더 희한했던 일은 실수로 한 쪽을 건너뛰고도 이를 깨닫지 못하고 계속 읽어 내려갔다는 사실이다. 주교는 연금술사들의 아주 작은 돋보기안경을 통해 그를 지켜보았다. 그가 한 쪽을 건너뛰자 주교는 흥미롭다는 듯이 중단시켰다.

"무슨 생각을 하고 있지?"

델라우라가 소스라치게 놀랐다.

"더위 때문에 그런 것 같습니다. 왜 그러십니까?"

주교는 계속 그의 눈을 쳐다보았다.

"더위 때문만은 아닌 것 같군."

주교는 같은 어조로 다시 물었다.

"무슨 생각을 하고 있었지?"

"소녀 생각을 하고 있었습니다."

델라우라는 어떤 소녀인지 정확히 지칭하지는 않았다. 왜냐하면 후작이 방문한 이래 그들에게 이 세상에서 다른 소녀는 존재하지 않았기 때문이다. 두 사람은 소녀에 대해 많은 이야기를 나누었다. 악마에 씐 사람들에 대한 연대기와 엑소시스트 성인들의 회고록도 검토했다. 델라우라가 한숨을 쉬며 말했다.

"소녀 꿈을 꾸었습니다."

"어떻게 한번도 본 적 없는 사람 꿈을 꾸지?"

"머리카락이 여왕의 망토처럼 땅에 질질 끌리는 열두 살 난 후작 영애였습니다. 다른 소녀일 리가 있나요."

주교는 천상의 통찰력을 지닌 사람도 아니고 기적을 일으키거나 고행을 하는 사람도 아니었다. 그의 왕국은 현세였을 뿐이다. 그래서 건성으로 고개를 끄덕이며 계속 식사를 했다. 델라우라는 더욱 신경을 써서 책을 다시 읽기 시작했다. 주교가 식사를 마치자 흔들의자에 앉을 수 있도록 부축했다. 편하게 자리를 잡은 후 주교가 말했다.

"자, 이제 꿈에 대해서 이야기해 보게."

아주 간단한 꿈이었다. 시에르바 마리아가 눈 덮인 벌판이 내다보이는 창 앞에 앉아서 무릎에 놓은 포도를 한 알씩 뜯어 먹는 꿈이었다. 포도 한 알을 뜯을 때마다 새 포도 알이 돋아났다. 꿈속에서는 소녀가 포도를 다 먹어 치우려고 오랜 세월 동안 그 영원한 창가에 있었던 것이 명백했다. 하지만 소녀는 마지막 포도 알에 죽음이 서렸다는 사실을 알기 때문에 서두르지 않았다.

"정말 이상한 것은 아이가 벌판을 내다보는 창이, 사흘간 눈이 내려 새끼 양들이 눈에 파묻혀 죽었을 때의 살라망카 창과 똑같다는 점입니다."

주교는 깊은 인상을 받았다. 델라우라가 꾼 꿈의 수수께끼를 무시하기에는 그를 너무나 속속들이 잘 알고 좋아했다. 그의 다채로운 재주와 선량함보다 교구에서의 위상과 그에 대한 총애가 앞섰다. 주교는 눈을 감고 3분간 초저녁잠을 취했다.

그동안 델라우라는 주교와 함께 밤 기도를 드리기 전에 주교가 식사를 한 그 탁자에서 식사를 했다. 그가 식사를 끝내기도 전에 주교가 흔들의자에서 기지개를 펴더니 일생일대의 결정을 내렸다.
"그대가 소녀 건을 맡게."
주교는 눈을 감은 채 그 말을 하더니 사자처럼 코를 골았다. 델라우라는 식사를 마치고 평소 자신이 사용하는, 꽃 덩굴 아래의 안락의자에 앉았다. 그때 주교가 눈을 떴다.
"아직 대답을 하지 않았어."
"잠결에 하신 말씀인 줄 알았습니다."
"지금은 이렇게 눈을 뜨고 말하잖아. 그대에게 소녀의 안녕을 맡기지."
"제가 한번도 겪어 보지 못한 기이한 사안입니다."
"맡지 못하겠다는 건가?"
"저는 엑소시스트가 아닙니다, 주교님. 그런 자질도 없고 배운 바도 없으며 아는 것도 없습니다. 게다가 하느님이 제게 다른 길을 정해 주신 걸 이미 아시지 않습니까."
사실이 그랬다. 주교의 주선으로 델라우라는 바티칸 도서관에서 세파르디*들의 장서를 관리할 책임자로 물망에 오른 세 사람 중 하나였다. 두 사람 다 알고 있는 일이었지만 서로 그에 대한 언급을 한 것은 처음이었다.
"그러니까 더 맡아야지. 소녀 건을 잘 처리하면 틀림없이 우리에게 필요한 촉매제로 작용할 거야."

---
* 유대계 스페인인.

델라우라는 자신이 여자를 상대하는 데 서툴다는 것을 알고 있었다. 여자는 삶의 부침 속에서도 좌절하지 않고 항해할 줄 아는 선천적인 재주를 발휘한다는 것이 그의 생각이었다. 아무리 시에르바 마리아 같은 연약한 소녀라 하더라도 여자를 접한다는 생각만으로도 손에 식은땀이 맺혔다.

"못하겠습니다, 주교님. 제가 감당할 수 없을 것 같습니다."

"그대는 자질이 있을 뿐만 아니라 다른 사람에겐 결여된 영감이 넘치잖아."

영감이라는 말은 일거에 논의를 종결시킬 만큼 위력적이었다. 그러나 주교는 델라우라에게 즉시 그 일을 맡으라고 강요하지 않고, 그날 시작된 부활절 주간이 끝날 때까지 생각할 시간을 주었다.

"가서 소녀를 보고, 이 건에 대해 연구해서 알려 주게."

이렇게 해서 델라우라는 서른여섯의 나이에 시에르바 마리아의 삶과 도시의 역사 속으로 들어왔다. 그는 주교가 살라망카 대학에서 유명한 신학 강좌를 맡았을 때의 학생이었고, 동기 중에서 가장 뛰어난 성적으로 대학을 졸업했다. 그는 자신의 부친이 가르실라소 데 라 베가*의 직계 후손이라고 확신했다. 델라우라는 이 시인에게 거의 종교적인 신앙심을 품고 있었으므로, 이 사실을 늘 거리낌 없이 밝혔다. 델라우라의 어머니는 콜롬비아 몸폭스 지방 산마르틴 데 로바의 크리오요 여인으로, 부모를 따라 스페인으로 이주했다. 델라우라는 어머니를 전혀 닮지 않았다고 믿어 왔는데, 그라나다 부왕령**

---

* 16세기의 대표적인 스페인 시인으로 르네상스풍의 사랑 시를 많이 썼다. 남프랑스에서 전투 중 전사했다.

** 보고타를 수도로 하는 부왕령.

으로 와서야 모친의 향수를 물려받았음을 깨닫게 되었다.

데 카세레스 이 비르투데스 주교는 살라망카에서 델라우라와 처음으로 대화를 나누었을 때부터 당대 기독교 세계를 아름답게 치장하고 있는 보기 드문 미덕과 조우했음을 느꼈다. 때는 2월의 차가운 아침이었고, 창을 통해 눈 덮인 벌판과 멀리 강가로 줄지어 선 백양나무가 보였다. 그 겨울 풍경은 젊은 신학자가 되풀이해서 꾸는 꿈의 배경이 되어 나머지 인생을 따라다녔다.

두 사람은 물론 책에 대해서도 대화를 나누었다. 주교는 델라우라가 그 나이에 그토록 많은 책을 읽었다는 사실이 믿기지 않았다. 델라우라는 가르실라소에 대해 이야기했다. 스승은 가르실라소에 대해서 잘 모른다고 고백했다. 그러나 그의 전 작품에서 하느님을 두 번 이상 언급하지 않은 이교도 시인으로 기억하고 있었다.

"그렇게 적게 언급하진 않았습니다. 또 르네상스 시대의 모범적인 신자들 사이에서는 드문 경우도 아닙니다."

델라우라가 서원을 한 날, 스승은 멕시코 유카탄 반도라는 아득한 곳으로 자신을 따라오라고 제안했다. 데 카세레스 이 비르투데스가 막 유카탄 주교로 임명되었을 때였다. 책을 통해서만 인생을 배운 델라우라에게 어머니의 광활한 세계는 결코 자기의 세계가 되지 않을 것만 같았던 꿈이었다. 눈 속에서 뻣뻣하게 굳은 어린 양을 파내던 처지에, 살인적인 더위와 늘 진동하는 썩은 고기 냄새와 김이 모락모락 나는 늪지대는 상상하기 힘들었다. 그에 비해 아프리카에서 전쟁에 참여한 경험이 있는 주교는 상상하기가 더 쉬웠다. 델라우라가 말했다.

"서인도에서는 사제들이 행복에 겨워 미쳐 버린다고 들었습니다."

"몇몇 사람은 아예 목을 매지. 소돔의 타락과 우상 숭배와 식인 풍습의 위협을 받는 곳이야. 마치 무어인들의 땅처럼."

하지만 주교는 그것이 신대륙의 커다란 매력이라는 생각도 했다. 기독교 문명의 미덕을 강제로라도 이식하고 사막에서도 능히 설교를 할 만한 전사들이 필요했다. 하지만 성령에 대한 절대적인 귀의자였던 스물세 살의 델라우라는 성령의 오른팔이 되리라고 갈 길을 정해 놓은 터였다.

"일생 동안 고위 도서관장이 되는 걸 꿈꾸었습니다. 그것이 제가 봉사할 수 있는 유일한 길입니다."

델라우라는 톨레도 도서관 자리에 지원했다. 그의 꿈을 밟아 갈 수 있게 해 줄 직책이었고, 그 자리를 얻을 자신이 있었다. 하지만 스승은 완강했다.

"톨레도에서 순교자가 되는 것보다 유카탄에서 도서관장을 지내는 것이 성인의 반열에 오르기 더 쉽지."

델라우라가 감히 대답했다.

"하느님께서 은총을 내려 주신다면, 성인보다는 천사가 되고 싶습니다."

스승의 제의에 대한 결론을 내리지 못하고 있을 때 톨레도로 발령이 났다. 그러나 그는 결국 유카탄을 택했다. 하지만 두 사람은 영원히 유카탄에 도달하지 못했다. 70일간 풍랑에 시달리다가 바람의 해협이라 불리는 곳에서 조난을 당했고, 타격을 입은 호송 선단이 그들을 구조해 놓고는 알아서 하라고 다리엔에 내려놓았다. 그들은 그곳에서 갤리 선단이 훈령을 가져오기를 기다리면서 1년 이상 허송세월을 보냈다. 그러다가 데 카세레스 주교는 담당자가 갑자기 죽어 자리가 빈 곳에 임시 사제로 임명되었다. 두 사람을 새로운 임지로 데려가는 작은 배에서 델라우라는 우라바 일대의 엄청난 밀림을 보면서 톨레도의 음산한 겨울을 보낼 때마다 모친을 괴롭히던 향수가 무엇인지 알 수 있었다. 사람을 홀리는 석양, 악몽 같은 새들, 묘하게 부식된 맹그로브 숲은 분명 자신이 살아 보지 않은 과거인데도 친밀한 기억처럼 다가왔다. 델라우라가 말했다.

"오직 성령만이 어머니의 땅으로 나를 데려오시려고 이토록 절묘하게 일을 꾸미실 수 있었어."

12년 후 주교는 유카탄에 대한 꿈을 접었다. 나이는 일흔세 살이 되고, 천식으로 죽어 가고, 다시는 살라망카에 내리는 눈을 보지 못하리라는 것을 알고 있었다. 시에르바 마리아가 수녀원에 들어갔을 무렵, 주교는 자신의 제자가 로마로 가는 길만 단단히 다져지면 은퇴하리라 결심한 터였다.

델라우라는 다음 날 산타클라라 수녀원으로 갔다. 더위에도 불구하고 까끌까끌한 무명 신부복을 입고, 악마와의 전쟁에 꼭 필요한 무기인 성수와 성유를 가져갔다. 수녀원장은 그를 한번도 본 적이 없었다. 그러나 그의 총명함과 권력에 대한 소문은 이미 봉쇄 수녀원의 내밀함을 깨뜨렸던 터였다. 면회실에서 아침 6시에 그를 맞이한 수녀원장은 델라우라의 젊어 보이는 모습, 순교자의 창백함, 금속성 목소리, 수수께끼 같은 하얀 반점에 깊은 인상을 받았다. 그러나 그 어떠한 미덕도 델라우라가 주교의 전사라는 사실을 잊게 해 주기에는 불충분했다. 반면 델라우라가 주목한 것은 수탉의 부산스러움뿐이었다.

"수탉이 여섯 마리밖에 안 되는데 백 마리가 우는 것 같습니다. 게다가 돼지가 말을 하지 않나, 산양이 세 쌍둥이를 낳지 않나."

그리고 수녀원장은 열심히 말을 덧붙였다.

"이 모든 일이, 당신의 주교가 독이 든 이 선물을 보내는 호의를 베풀어 주셨을 때부터 일어났습니다."

수녀원장은 정원에 꽃이 지나치게 만발한 것도 자연의 섭리에 반하는 것 같아 우려하고 있었다. 정원을 가로지르면서 수녀원장은 델라우라에게 비정상적인 크기와 색깔의 꽃이 피고, 어떤 꽃들에서는 견딜 수 없는 냄새가 난다고 했다. 수녀원장에게는 평범한 것도 모두 어떤 초자연적인 것 같았다. 수녀원장이 한마디 한마디 할 때마다 델라우라는 그녀가 자신보다 강하다고 느껴서 서둘러 자신의 무기 날을 세웠다.

"우리는 소녀가 악마에 씌었다고는 말하지 않았습니다. 그럴 가능성이 있다고 했을 뿐이죠."

"우리가 지금 보고 있는 것이 그걸 입증합니다."

"주의하세요. 우리는 가끔 우리가 이해하지 못하는 일들을 악마의 탓으로 돌리죠. 우리가 이해하지 못하는 하느님의 일일 수도 있다고 생각하지 않고요."

"성 아퀴나스가 말씀하셨고 저는 그를 따를 뿐입니다. 악마는 심지어 진실을 말하고 있을 때도 믿으면 안 됩니다."

2층부터는 평온함이 감돌았다. 한쪽엔 낮에는 자물쇠를 채워 놓는 빈방들이 있었고, 정면에는 화창한 바다 쪽으로 열린 창문들이 줄지어 있었다. 수련 수녀들은 각자의 일에 몰두한 듯했지만, 사실은 감옥 건물로 향하는 수녀원장과 방문자의 동태를 살피고 있었다.

시에르바 마리아의 감방이 있는 복도 끝에 다다르기 전에 두 사람은 마르티나 라보르데의 감방을 지났다. 고기를 토막 치는 칼로 동료 수녀 두 사람을 죽여서 무기 징역을 선고받은 수녀였다. 그녀는 결코 살해 동기를 고백하지 않았다. 그곳에 11년째 갇혀 있었고, 그녀가 저지른 범죄보다는 여러 번의 탈옥 미수 사건 때문에 더 유명했다. 평생 갇혀 있는 것이나 봉쇄 수녀가 되는 것이나 매일반이라는 사실을 결코 받아들이지 못해서, 산송장들의 건물에서 하녀로 일하며 형벌을 때우겠다고 자청하기도 했다. 다시 살인을 하는 한이 있어도 자유의 몸이 되어야 한다는 그녀의 완고한 집착은 열렬한 신앙심 수준이었다.

델라우라는 약간은 유치한 호기심을 이기지 못해 조그만 창문의 철제 창살 사이로 감방을 들여다보았다. 마르티나는 등을 지고 있다가 자신을 바라보는 시선에 문 쪽으로 돌아섰다. 순간 델라우라는 그녀의 매력에 혹했다. 불안해진 수녀원장이 그를 창문에서 떼어 냈다.

"주의하세요. 무슨 짓을 할지 모르는 위인이에요."

"그 정도입니까?"

"그 정도이고말고요. 내 마음 같아서는 오래전에 풀어 주었을 거에요. 이 수녀원을 너무 어지럽히고 있어요."

간수 수녀가 문을 열었을 때, 시에르바 마리아의 감방에서 썩는 냄새가 진동했다. 소녀는 매트리스도 없는 돌 침대에 가죽 끈으로 손발이 묶인 채 위를 보고 누워 있었다. 죽은 듯이 있었지만 눈에서는 바다 빛이 감돌았다. 꿈에서 본 소녀와 똑같아 보여 델라우라의 온몸이 떨리고 식은땀이 흘렀다. 델라우라는 눈을 감고 신앙심을 총동원하여 낮은 목소리로 기도했다. 기도가 끝났을 때 비로소 평정심을 되찾았다.

"악마에 씐 게 아니라고 할지라도 이런 환경에서는 이 가련한 소녀에게 악마가 올 수밖에 없을 것 같네요."

수녀원장이 대꾸했다.

"우리에게 그런 영광이 가당키나 한가요."

사실 수녀들은 감방을 청결하게 유지하려고 온 힘을 기울였다. 다만 시에르바 마리아가 배설물을 배출했을 뿐이다. 델라우라가 말했다.

"우리는 소녀가 아니라 소녀 안에 있는 악마들과 전쟁을 하고 있습니다."

델라우라는 바닥의 오물을 피하기 위해 발꿈치를 들고 걸어갔다. 그리고 기도문을 중얼거리면서 감방에 성수를 흩뿌렸다. 벽에 생기는 물 자국을 보고 수녀원장이 경악했다.

"피예요?"

델라우라는 수녀원장의 경박함에 혐오감을 느꼈다. 물이 붉다고 피일리도 없고, 설령 피라고 하더라도 악마의 피일 이유도 없었다. 델라우라가 말했다.

"차라리 기적이라고 생각하는 것이 옳죠. 그 권능은 하느님만의 것이니까요."

그러나 악마의 소행도 아니고 신의 권능도 아니었다. 회벽에 뿌린 성수가 말랐을 때 생기는 얼룩은 붉은색이 아니라 짙은 초록색이었다. 수녀원장은 얼굴을 붉혔다. 그 시절에는 산타클라라회 수녀뿐만 아니라 모든 여성이 학교 교육을 받을 수 없었지만, 수녀원장만은 저명한 신학자들과 위대한 이단자들을 배출한 집안에서 아주 어렸을 때부터 스콜라식 논쟁법을 배웠다. 수녀원장이 대답했다.

"적어도 악마에게 피 색깔을 간단히 바꿔 버리는 힘이 있다는 사실을 부정하지는 맙시다."

"시의 적절한 의심이야말로 제일 유용한 것이죠."

델라우라가 즉시 대답하고는 수녀원장을 정면으로 쳐다보았다.

"성 아우구스티누스를 읽어 보세요."

"아주 정독했습니다."

"그러면 다시 읽으시죠."

델라우라는 소녀를 살펴보기 전에 간수 수녀에게 감방에서 나가 달라고 아주 부드러운 어조로 부탁했다. 수녀원장에게는 그리 부드럽지 않게 말했다.

"원장님도 좀 나가 주시죠."

"당신이 책임을 지겠다면 그러죠."

"주교님이 가장 상급자이십니다."

수녀원장이 빈정대는 듯한 표정으로 말했다.

"새삼 환기해 줄 필요 없습니다. 당신네들이 하느님의 주인인 줄 잘 아니까요."

수녀원장에게 마지막 말을 할 쾌락을 선사한 델라우라는 침대 가장자리에 앉아 의사처럼 찬찬히 소녀를 살폈다. 계속 떨기는 했지만 이제 땀은 흘리지 않았다.

가까이에서 보니 시에르바 마리아에게는 여기저기 할퀸 자국과 피멍이 있었고, 가죽 끈과의 마찰로 살갗이 벗겨져 있었다. 그러나 가장 눈에 띄는 것은 발목의 상처였다. 돌팔이 의사들의 엉터리 치료 때문에 벌겋게 부어올라 고름이 흐르고 있었다.

시에르바 마리아를 살펴보는 동안 델라우라는 소녀에게 설명했다. 그녀를 괴롭히려고 이리 데려온 것이 아니라 악마가 영혼을 훔치려고 몸에 들어왔을까 싶어 그랬다는 것이었다. 진실을 알기 위해서는 소녀의 도움이 필요했다. 그러나 소녀가 듣기는 하는 건지, 자신의 말이 마음에서 우러나오는 호소라는 것을 이해하기는 하는 건지 도통 알 수가 없었다.

검사가 끝나자 델라우라는 의약품 상자를 가져오게 했다. 그러나 약사 수녀는 들어오지 못하게 했다. 델라우라는 상처에 향유를 바르고, 살갗이 벗겨져 따가운 부위를 부드럽게 불어 주었다. 소녀가 아픔을 잘 참는 것이 신통했다. 시에르바 마리아는 어떤 질문에도 대답하지 않고, 신부의 설교에도 무관심하고, 아픈 기색도 전혀 보이지 않았다.

델라우라의 가슴이 찢어지기 시작했고, 이는 그의 안식처인 도서관에서까지 지속되었다. 도서관은 주교관에서 가장 넓은 공간이었다. 창문이 하나도 없고, 수많은 책이 가지런히 꽂힌 마호가니 책장들이 벽마다 뒤덮고 있었다. 가운데 놓인 커다란 탁자에는 해도, 천체 관측기 및 기타 항해 도구, 그리고 세계가 확장되면서 지도 제작자들이 손으로 그려 추가하고 수정한 지구의가 있었다. 안쪽에는 투박한 탁자가 있고 그 위에 잉크병, 칼, 크리오요 공작새 깃털로 만든 펜, 먼지 쌓인 편지, 썩은 카네이션 한 송이가 꽂힌 화병이 있었다. 도서관 전체가 어두침침했고, 안식을 취하는 종이 냄새가 났으며, 숲 속의 상쾌함과 안정감이 느껴졌다.

홀 안쪽의 좀 더 좁은 공간에는 평범한 나무판자 문이 잠긴 서가가 있었다. 그곳은 종교 재판소의 삭제 부분 일람표에 의거해 금서를 모아 놓은 곳이다. 그 책들은 '불경스럽고 허황된 이야기거나 허구적인 이야기'였다. 일탈적인 글월들의 심연을 탐구하라는 교황의 허락을 받은 델라우라 외에는 아무도 그 서가에 들어갈 수 없었다.

오랜 세월 동안 델라우라에게 안식처였던 도서관은 그가 시에르바 마리아를 알게 된 후부터는 지옥으로 변했다. 순수한 사상의 즐거움을 더불어 나누고 학술 토론 대회와 문학 경연 대회와 음악의 밤을 같이 조직하던 교회나 세속의 친구들과 다시는 회동하지 않았다. 악마의 꼬드김을 이해하기 위해 열정을 다 바쳐서, 다시 수녀원을 방문하기 전 닷새 동안 밤낮으로 책을 읽고 생각에 잠겼다. 월요일에 주교는 그가 단호한 걸음으로 도서관에서 나오는 것을 보고 기분이 어떤지 물었다.

"성령의 날개를 단 듯합니다."

평범한 무명 신부복을 입으니 델라우라는 나무꾼이 된 기분이 들었다. 그는 맥이 빠지지 않도록 단단히 정신 무장을 했다. 그에게 필요한 일이었다. 간수 수녀는 툴툴거리며 델라우라의 인사에 화답하고, 시에르바 마리아는 찌푸린 얼굴로 신부를 맞고, 오래된 음식 찌꺼기와 바닥에 흥건한 배설물 때문에 감방에서는 숨 쉬기조차 힘들었다. 제단에는 그날의 점심이 성체 등 옆에 고스란히 남아 있었다. 델라우라는 접시를 들고 버터가 엉겨 붙은 검은콩 한 숟가락을 소녀에게 떠 주었다. 소녀는 피했다. 신부가 여러 번 권했지만 소녀의 반응은 마찬가지였다. 그러자 델라우라는 검은콩 한 숟갈을 입에 넣고 맛을 보았다. 그러고는 정말로 혐오스러운 표정을 지으며 씹지 않고 그냥 삼켰다.

"그럴 만도 하군. 이건 파렴치한 음식이야."

소녀는 신부에게 전혀 신경 쓰지 않았다. 부어오른 복사뼈를 치료하자 소녀의 피부가 파르르 떨리고 눈에 눈물이 맺혔다. 신부는 소녀가 기력을 잃었다고 생각해서 선량한 목자처럼 소곤소곤 그녀를 위로했다. 그리고 마침내는 망가진 육신이 잠시 쉴 수 있도록 가죽 끈을 풀어 주었다. 소녀는 손가락을 몇 번 구부렸다 폈다 하면서 아직 자기 손가락인지 확인하고, 묶여 있는 바람에 저리던 다리를 폈다. 그리고 처음으로 델라우라를 바라보며 몸무게와 키를 가늠하더니만 사냥감을 노리는 맹수처럼 펄쩍 덤벼들었다. 간수 수녀가 소녀를 굴복시키고 묶는 것을 도왔다. 델라우라는 방에서 나가기 전에 주머니에서 백단향 묵주를 꺼내 시에르바 마리아의 산테리아 목걸이들 위에 걸어 주었다.

주교는 보기만 해도 아플 정도로 얼굴을 긁히고 손을 물어 뜯겨서 온 델라우라를 보고 깜짝 놀랐다. 그러나 주교를 더 놀라게 한 것은 델라우라의 반응이었다. 그는 상처를 전리품처럼 내보이고 광견병에 전염될 위험에 대해서는 콧방귀를 뀌었다. 그러나 주교의 주치의는 델라우라를 철저히 치료했다. 그다음 주 월요일의 일식이 대재앙의 서곡이라고 두려워하는 사람 중 하나였기 때문이다.

반면 살인자 마르티나는 시에르바 마리아에게 전혀 저항감을 갖지 않았다. 그녀는 우연을 가장하고 살금살금 다가와 감방을 엿보았다. 침대에 손발이 묶인 채 누워 있는 시에르바 마리아가 보였다. 소녀는 방어 태세를 갖추었다. 신경을 곤두세우고 그녀를 주시하다가 마르티나가 미소를 짓자 시에르바 마리아도 미소를 띠며 순순히 방어 태세를 풀었다. 마치 도밍가의 영혼이 감방 안에 가득 찬 듯이 느꼈던 것이다.

마르티나는 하도 자신의 결백을 주장하여 목소리마저 맛이 갔지만 시에르바 마리아에게 자신이 누구이고 어째서 여생을 그곳에서 보내야 하는지 말해 주었다. 그녀가 시에르바 마리아에게 갇혀 있는 이유를 묻자, 소녀는 자신의 엑소시스트 델라우라를 통해 알게 된 것밖에 할 말이 없었다.

"제 몸 안에 악마가 있어요."

마르티나는 소녀가 거짓말을 하거나 사람들이 소녀에게 거짓말을 했다는 생각이 들어 더 이상 캐묻지 않았다. 시에르바 마리아가 거짓말을 하지 않은 몇 안 되는 백인 중 하나가 자신이라는 점은 미처 알 수 없었다. 마르티나는 수놓는 시범을 보여 주었다. 그러자 소녀는 똑같이 해 보게 끈을 풀어 달라고 부탁했다. 마르티나는 다른 바느질 도구와 함께 가운 주머니에 넣고 다니는 가위를 보여 주었다.

"끈을 풀어 주기를 바란단 말이지. 하지만 명심해. 내게 해코지하려 든다면 죽여 버릴지도 몰라."

시에르바 마리아는 똑똑히 알아들었다. 끈에서 풀려나서는 티오르바를 배울 때처럼 밝은 귀와 재능을 발휘하여 가르쳐 주는 대로 따라 했다. 마르티나는 감방에서 물러나기 전에 그다음 월요일 개기일식을 같이 볼 수 있도록 허락을 받아 내겠다고 약속했다.

금요일 아침이 밝아 올 때 제비들이 하늘에서 크게 원을 그리며 작별을 고했다. 그리고 지붕 위와 거리에 냄새 고약한 푸른 배설물을 눈 내리듯 흩뿌렸다. 정오의 태양이 딱딱하게 굳은 배설물을 바싹 말리고 저녁 미풍이 공기를 정화하기 전까지는 먹는 것도 자는 것도 어려웠다. 하지만 공포감이 더 큰 문제였다. 제비가 본격적으로 이동을 하는 중에 똥을 누는 것도 본 적이 없었고, 제비 똥 냄새가 생활에 지장을 주었던 적도 없었다.

물론 수녀원에서는 시에르바 마리아에게 철새의 이동 법칙도 능히 바꿀 힘이 있다는 것을 의심하는 사람은 없었다. 일요일에 미사를 드린 후 시장통에서 파는 단것이 든 작은 바구니를 들고 수녀원 정원을 지나던 델라우라는 대기까지 냉담해진 분위기 속에서 이를 감지할 수 있었다. 모든 일에 무관심한 시에르바 마리아는 아직 목에 묵주를 걸고는 있었지만 신부의 인사에 답하지도 않고 쳐다보지도 않았다. 델라우라는 소녀 옆에 앉아 바구니에서 꺼낸 알모하바나*를 맛있게 씹었다. 그리고 입에 가득 물고 말했다.

"천상의 맛이란다."

신부는 남은 알모하바나 반쪽을 시에르바 마리아의 입에 가까이 가져갔다. 소녀는 피했지만 예전처럼 벽 쪽을 보는 대신 간수 수녀가 자신들을 살피고 있다고 가르쳐 주었다. 델라우라는 문 쪽으로 격정적인 손짓을 했다.

"물러나시오."

간수 수녀가 물러나자 시에르바 마리아는 그동안 허기진 배를 알모하바나 반쪽으로 채우려고 했다. 그러나 한 입 깨물어 먹더니 뱉어 버렸다.

"제비 똥 맛이 나요."

그러나 소녀의 기분은 나아져서 등의 화끈거리는 상처를 치료하는 데 순순히 응했다. 그리고 신부의 손에 붕대가 감긴 것을 보고는 처음으로 델라우라에게 관심을 보였다. 도저히 꾸며 냈다고는 볼 수

---

* 옥수수, 치즈, 계란 등으로 만든 빵 종류.

없는 천진난만함으로 왜 그런지 물었다.

"꼬리가 1미터도 넘는 성난 강아지 한 마리가 물었단다."

시에르바 마리아는 상처를 보고 싶어 했다. 델라우라는 붕대를 풀었다. 소녀는 염증이 생긴 검붉은 자국을 마치 불씨 남은 숯을 만지듯 검지 끝으로 살짝 건드려 보더니 처음으로 웃었다.

"저는 흑사병보다도 고약한 아이예요."

델라우라는 복음 대신 가르실라소를 빌려 대답했다.

"같이 고통을 나눌 이만 있으면 그대 이것도 잘할 수 있으리."

델라우라는 자신의 삶에서 무언가 중대하고 돌이킬 수 없는 일이 일어나기 시작했다는 깨달음에 고무되어 돌아갔다. 그가 나올 때 간수 수녀는 수녀원장의 전갈을 전했다. 길거리 음식을 가지고 오는 것은 금지되어 있다는 전갈이었다. 수녀원이 포위되었을 때처럼, 누군가 독이 든 음식을 보낼지도 모르기 때문이라는 것이었다. 델라우라는 주교의 허락을 얻어 바구니를 가지고 왔다고 거짓말했다. 그리고 훌륭한 음식으로 이름 높은 수녀원에서 갇힌 사람들에게 그렇게 형편없는 음식을 제공하는 것에 대해 공식적인 항의를 제기했다.

저녁 식사를 하는 동안 델라우라는 새로운 기분으로 주교에게 책을 읽어 주었다. 평소처럼 주교와 저녁 예배도 같이 드렸다. 기도를 하면서 시에르바 마리아를 더 생생하게 떠올릴 수 있도록 눈을 감고 있었다. 시에르바 마리아를 생각하면서 평소보다 일찍 도서관으로 물러났다. 소녀를 생각하면 할수록 더 간절히 생각이 났다. 그는 가르실라소의 사랑의 소네트들을 되풀이하여 소리 높여 암송했다. 각 행마다 자신의 삶과 무언가 관계있는 비밀스러운 징후가 있을까 싶어 겁이 났다. 그는 잠을 이룰 수가 없었다. 새벽녘에, 읽지도 않은 책에 이마를 박은 채 책상 위에 엎어졌다. 잠을 자는 동안 인근 성당에서 새벽 3시 기도를 알리는 세 번의 종소리를 들었다. 잠결에도 "하느님이 그대 시에르바 마리아를 구원해 주시기를." 하고 중얼거렸다. 그는 자신의 말소리 때문에 문득 깨어났다. 그리고 죄수복을 입고 어깨에 타오르는 불길 같은 머리카락을 늘어뜨린 시에르바 마리아를 보았다. 소녀는 시든 카네이션을 던져 버리고 막 꽃망울을 터뜨린 치자나무 꽃 한 다발을 화병에 꽂았다. 델라우라는 시에르바 마리아에게 격정적인 목소리로 가르실라소의 시를 읊어 주었다.

"그대 때문에 태어났고, 그대 때문에 살아가고, 그대 때문에 죽을 것이며, 그대 때문에 죽어 가노라."

시에르바 마리아는 그를 쳐다보지 않고 미소 지었다. 그는 허깨비를 본 것이 아니라고 믿기 위해 눈을 감았다. 눈을 떴을 때 환영은 사라졌다. 그러나 도서관은 치자나무 꽃 흔적으로 가득했다.

4

 델라우라 신부는 주교관에서 유일하게 바다 위 하늘을 통째로 볼 수 있는 곳인 풍경초 덩굴 아래에서 일식을 기다리자는 주교의 초대를 받았다. 펠리컨들이 날개를 펴고 공중에서 죽은 듯이 가만히 떠 있었다. 주교는 캡스턴* 장치가 달린 두 기둥 사이에 걸어 놓은 해먹에 누워 천천히 부채질을 하고 있었다. 해먹에서 막 낮잠을 잔 참이었다. 델라우라는 주교 옆에서 버들가지로 짠 흔들의자에 앉아 의자를 흔들었다. 두 사람은 타마린도** 주스를 마시고 구름 한 점 없는 광활한 하늘을 지붕 너머로 바라보며 은총의 순간을 보내고 있었다. 2시가 막 지나면서 어두워지기 시작했다. 암탉들은 홰로 가고 모든 별이 일시에 점등되었다. 초자연적인 소름이 세상을 뒤흔들었다. 주교는 비둘기들이 뒤늦게 어둠 속에서 둥우리를 찾으며 퍼덕거

---
* 닻 따위의 무거운 물건을 들어 올리기 위한 장치.
** 열대 지방에 나는 열매의 일종.

리는 소리를 들었다. 주교가 한숨을 내쉬었다.

"하느님은 위대하시지. 새들까지 그렇게 느끼고 있어."

당번 수녀가 유등과 함께 태양 관찰용 짙은 색 유리를 가져왔다. 주교는 해먹에서 몸을 똑바로 세우고는 유리를 눈에 대고 일식을 관찰하기 시작했다.

"한쪽 눈으로만 보아야 해."

주교가 식식거리는 숨소리를 애써 가다듬으며 말했다.

"그러지 않으면 두 눈이 다 상할 수도 있어."

델라우라는 일식을 보지 않고 유리를 손에 쥐고만 있었다. 오랜 침묵이 흐른 후 주교가 어둠 속에서 델라우라를 찾았다. 가짜 밤의 매력에 전혀 무관심한 빛나는 눈이 보였다.

"무슨 생각하지?"

델라우라는 대답하지 않았다. 짙은 색 유리를 손에 들고도 하현달 보듯 그냥 태양을 쳐다보는 바람에 그의 망막이 상했다. 델라우라는 그런데도 계속 쳐다보았다.

"아이 생각을 계속하는군."

비록 주교가 보통 사람에 비해 남의 생각을 곧잘 들여다보는 사람이라지만 델라우라는 흠칫 놀랐다.

"속된 인간이 자신의 불행을 이 일식과 연관시킬 수도 있다는 생각을 했습니다."

주교는 하늘에서 시선을 떼지 않고 머리를 저었다.

"그들이 옳을지 누가 아나? 주님의 패는 쉽게 읽을 수 없는 법이지."

"이 현상은 수천 년 전 아시리아 천문가들도 예측했던 일입니다."

"예수회식 대답이군."

델라우라는 유리를 눈에 대지 않은 채 그저 재미 삼아 태양을 계속 쳐다보았다. 2시 12분에 태양은 완벽한 검은 원반으로 화했고, 한낮인데도 잠시 한밤중처럼 되었다. 그 후 일식은 현세적인 상태를 되찾았다. 닭이 동트는 것을 알리며 울기 시작했다. 델라우라가 태양에서 눈을 뗐지만 망막에는 불꽃 메달이 계속 남아 있었다.

"계속 일식이 보입니다."

재미를 느낀 델라우라가 말했다.

"어디를 쳐다보아도 일식이 계속됩니다."

주교는 구경거리가 다 끝났다고 간주하고 말했다.

"몇 시간 내에 태양이 눈동자에서 사라질 거야."

주교는 해먹에 앉아 기지개를 켜며 하품을 하고, 새로 날이 밝은 데 대해 신에게 감사를 드렸다.

델라우라는 하던 이야기를 잊지 않았다.

"주교님, 죄송합니다만 제 생각에 그 소녀는 악마에 씐 게 아닙니다."

이번에는 주교가 정말 놀랐다.

"왜 그런 말을 하지?"

"단지 겁을 먹은 것 같습니다."

"증거가 너무나 많아. 수녀원 기록을 안 읽는 것 아닌가?"

델라우라는 그 기록을 읽고 깊이 연구했었다. 기록은 시에르바 마리아의 상태보다는 수녀원장의 의식 구조를 파악하는 데 더 유용했다. 수녀들은 소녀가 수녀원에 들어온 날 아침에 머물렀던 장소와 소녀가 만진 모든 것에 대해 엑소시즘 의식을 거행했다. 소녀와 접촉한 이들에게는 금욕과 정화를 명했다. 첫날 소녀에게서 반지를 빼앗은 수련 수녀에게는 텃밭에서 강제 노동을 시켰다. 기록에는 소녀가 자신의 손으로 목을 딴 새끼 산양을 발기발기 찢으면서 즐거워했으며, 센 불로 조리한 고환과 눈알을 먹었다고 되어 있었다. 소녀는 아프리카의 모든 나라 사람과 의사소통이 가능하고, 심지어 아프리카인끼리보다 더 원활하게 의사소통을 하는 언어 능력이나 온갖 동물과 이야기할 수 있는 재주를 뽐냈다고 되어 있었다. 소녀가 수녀원에 온 다음 날 아침에는 20년 전부터 정원을 장식해 온 금강앵무 열 마리가 아무런 이유 없이 죽어 나갔다. 목소리를 바꿔 가며 부른 악마의 노래로 하인들을 혹하게 만들었다. 수녀원장이 자신을 찾는 것을 알았을 때는 그녀에게만 모습이 보이지 않도록 환술을 부렸다.

델라우라가 말했다.

"그렇지만 제 생각에는, 악마의 행동으로 여겨지는 것들은 부모가 소녀를 방치하는 바람에 습득하게 된 흑인 풍습인 것 같습니다."

"조심하게!"

주교가 델라우라에게 주의를 주었다.

"악마는 우리의 실수보다 우리의 지성을 더 잘 이용한다고."

"악마에게 가장 좋은 선물은 건강한 소녀에게 엑소시즘을 행하는 일일 겁니다."

주교가 핏대를 올렸다.

"그대가 반항하는 것으로 생각해도 될까?"

"아직도 제가 의심에 젖어 있다고 생각해 주십시오, 주교님. 하지만 겸허하게 복종은 하겠습니다."

이렇게 하여 델라우라는 주교를 설득하지 못하고 수녀원을 다시 찾았다. 왼쪽 눈에는 의사가 처방한 안대를 하고 있었다. 망막에 새겨진 태양이 지워질 때까지 안대를 차고 있어야 했다. 정원을 거쳐 복도를 지나 감옥 건물에 이르는 동안 내내 그를 주시하는 시선들을 느낄 수 있었지만 말을 걸어오는 사람은 아무도 없었다. 경내 전체가 마치 일식에서 회복하는 중인 듯했다.

간수 수녀가 시에르바 마리아의 감방을 열어 주었을 때, 델라우라는 가슴이 터질 것만 같아 서 있기조차 힘들었다. 그날 아침의 기분을 파악하려고 소녀에게 일식을 보았냐고 물었다. 시에르바 마리아는 테라스에서 일식을 보았다. 자신은 아무런 보호 도구 없이 태양을 보았는데도 괜찮은데, 신부가 한쪽 눈에 안대를 하고 있으니 이해가 되지 않았다. 수녀들은 무릎을 꿇고 일식을 보았으며, 닭이 울 때까지 수도원 전체가 마비되었다고 델라우라에게 말해 주었다. 하지만 시에르바 마리아는 일식을 초월적인 세계의 일로 전혀 생각하지 않았다.

"매일 저녁 나타나는 현상을 본 것뿐인데요."

델라우라로서는 정확히 감지할 수 없는 모종의 변화가 소녀에게 있었다. 그리고 그 변화의 가장 뚜렷한 징후는 슬픈 기색이었다. 델라우라가 제대로 본 것이었다. 치료를 시작하자마자 소녀는 불안한 눈으로 그를 응시하면서 떨리는 목소리로 말했다.

"저는 죽게 될 거예요."

델라우라의 몸이 사시나무 떨리듯 했다.

"누가 그런 말을 했지?"

"마르티나요."

"그녀를 보았어?"

소녀는 그녀가 수놓는 법을 가르쳐 주려고 자신의 감방에 두 차례 왔고, 둘이 함께 일식을 보았다고 이야기했다. 그녀가 착하고 다정한 사람이며, 수녀원장이 바다의 석양을 볼 수 있도록 테라스에서 수놓는 법을 가르쳐도 좋다고 그녀에게 허락했다는 이야기도 했다.

"아, 그래."

신부가 눈도 깜짝하지 않고 말했다.

"마르티나는 네가 언제 죽을지도 이야기해 주었니?"

소녀는 울지 않으려고 입을 꼭 다물고 고개를 끄덕거렸다.

"일식 이후라고 그랬어요."

"일식 이후면 향후 100년일 수도 있어."

하지만 델라우라는 치료에만 몰두해야 했다. 목이 멘 것을 소녀가 알아채지 못하도록 하기 위해서였다. 시에르바 마리아는 더 이상 아무 말도 하지 않았다. 그는 소녀의 침묵에 신경이 쓰여 다시 소녀를 바라보았다. 눈이 젖어 있었다.

"무서워요."

소녀는 침대에 쓰러져 서럽게 펑펑 울었다. 델라우라는 더 가까이 자리를 옮겨 고해 신부의 위로하는 말투로 기운을 북돋아 주었다. 바로 그때에야 시에르바 마리아는 델라우라가 자신의 엑소시스트이지 의사가 아니라는 사실을 알게 되었다.

"그렇다면 왜 저를 치료해 주시죠?"

신부는 목소리가 떨렸다.

"왜냐하면 너를 아주 사랑하니까."

시에르바 마리아는 신부의 대담함에 별다른 반응을 보이지 않았다. 시에르바 마리아의 감방에서 나온 다음 델라우라는 마르티나의 감방에 들렀다. 처음으로 가까이에서 보니 그녀의 피부에는 곰보 자국이 있고, 까까머리에다가 코는 지나치게 크고, 치아는 쥐새끼 이빨 같았다. 그러나 사람을 호리는 그녀의 힘은 즉각 느껴질 만큼 생생했다. 델라우라는 문턱에서 이야기하기를 택했다.

"그 가련한 소녀에겐 이미 놀랄 만한 일이 많아요. 이렇게 빌건대 더는 놀라게 하지 마시오."

마르티나는 당황했다. 결코 누구에게도 죽는 날을 예언할 생각을 해 본 적이 없었다. 그렇게 예쁘고 연약한 소녀에게는 더구나 그랬다. 그녀는 단지 소녀의 상태에 대해 물어보았을 뿐이고, 서너 마디 대답을 듣고 소녀가 거짓말하는 버릇이 있다는 걸 깨달았다. 마르티나가 하도 진지하게 이야기를 해서, 델라우라는 소녀가 자신에게도 거짓말을 했다는 사실을 깨달을 수 있었다. 신부는 자신의 경솔함에 대해 용서를 구하고, 소녀에게 어떤 항의도 하지 말아 달라고 부탁했다.

"제가 알아서 하겠습니다."

신부가 말을 맺었다.

마르티나는 자신의 매혹으로 델라우라를 감쌌다.

"존경하는 신부님, 당신이 누구신지 압니다. 또 신부님께서 늘 자신이 하는 일에 대해 잘 알고 계시다는 것도 압니다."

그러나 델라우라는 날개에 상처를 입었다. 시에르바 마리아가 누구의 도움 없이도 감방의 고독 속에서 죽음의 공포를 부화시키고 있다는 것을 확인했기 때문이었다.

그 주에 호세파 미란다 수녀원장은 불만과 항의가 담긴 진정서를 직접 써서 주교에게 전달했다. 수녀원장은 이미 충분히 속죄한 잘못에 대한 때늦은 형벌로 사료되니 시에르바 마리아를 맡긴 일을 거두어 달라고 요구했다. 그리고 기록에 새로 추가된 일련의 기이한 사건들을 열거했다. 소녀와 악마의 뻔뻔스러운 공조만으로 설명 가능한 일이라는 것이었다. 마지막은 델라우라의 권력 남용, 자유분방한 사상, 수녀원장 자신에 대한 개인적인 악감정, 금지 규정을 어기고 수녀원에 음식을 가져오는 전횡에 대한 분노에 찬 고발이었다.

주교는 델라우라가 주교관에 돌아오자마자 진정서를 보여 주었다. 그는 굳은 얼굴로 서서 진정서를 읽었다. 그리고 진정서를 다 읽었을 때는 격분해 있었다.

"온갖 악마에 다 씐 사람이 있다면 호세파 미란다입니다. 원한의 악마, 관용을 모르는 악마, 백치 악마. 혐오스럽기 그지없다고요!"

주교는 델라우라의 표독함에 어리벙벙했다. 이를 깨달은 델라우라가 조용한 어조로 설명하려 했다.

"제가 말씀 드리고자 하는 것은, 수녀원장이 너무나 많은 권능을 사악한 힘에 돌리고 있어서 악마에 귀의한 사람 같다는 것입니다."

"내 임무는 그대의 말에 동의해 주는 것을 허락지 않네. 그랬으면 좋으련만."

주교는 델라우라가 범했을지도 모를 모든 월권에 대해 나무라고, 수녀원장의 재수 없는 기질을 감내할 인내심을 요구했다.

"복음서에는 그녀 같은 여인이 숱하지. 심지어 더 나쁜 결점을 지닌 여인들도 등장하고. 하지만 예수님께서는 그들을 귀히 여기셨어."

주교는 말을 계속 이을 수 없었다. 천둥소리가 집 안에 울려 퍼지더니 바다 위를 구르며 사라지고, 성서적 소나기가 두 사람을 나머지 세계로부터 격리했기 때문이다. 주교는 흔들의자에 누워 향수에 빠져 들었다.

"우리는 정말 먼 곳에 있군!"

"어디에서 멀다는 말씀이신가요?"

"우리 자신으로부터. 고아 신세가 되었다는 것을 아는 데 1년이나 걸렸다는 것이 말이 돼?"

대답이 없자 주교는 그리움을 토로했다.

"스페인에서는 벌써 오늘 밤이 지났으리라는 생각만 해도 끔찍해."

"우리가 지구의 자전에까지 개입할 수는 없겠죠."

"하지만 마음이 아프지 않도록 자전을 무시할 수는 있겠지. 갈릴레오는 믿음 이전에 심장이 부족했어."

노년기가 들이닥쳤을 때부터 처량한 비가 내리는 밤마다 주교를 괴롭히던 그 정신적 위기를 델라우라는 알고 있었다. 그가 할 수 있는 일이라고는 주교가 잠들 때까지 씁쓸함을 잊게 해 주는 것뿐이었다.

그달 말에 새로운 부왕인 로드리고 데 부엔 로사노의 내왕이 임박했다는 사실이 포고령을 통해 알려졌다. 임지인 보고타로 가는 길에 들르는 것이다. 부왕은 오이도르*, 관료, 하인과 여러 명의 주치의, 서인도의 무료함을 달래라고 여왕이 하사한 현악 사중주단을 대동하고 왔다. 부왕의 부인은 수녀원장과 인척 관계라 수녀원에 머물게 해 달라고 요청했다.

---

* 일종의 판사 역할을 하던 식민지 관리.

생석회를 처바르고, 타르에서 연기가 나고, 망치질 소리가 귀청을 울리고, 봉쇄 구역까지 침범한 온갖 종류의 사람들이 악다구니를 쓰는 통에 시에르바 마리아는 잊힌 존재가 되었다. 공사용 발판이 요란한 소리를 내면서 무너져 미장이 한 사람이 죽고 인부 일곱 명이 더 다쳤다. 수녀원장은 이 재난을 시에르바 마리아의 저주 탓으로 돌리고, 이 새로운 기회를 틈타, 희년(禧年)이 지나는 동안 소녀를 다른 수도원으로 보내야 한다고 주장했다. 이번의 주요 논거는 악마에 씐 소녀가 부왕 부인 근처에 있으면 좋을 게 없다는 것이었다. 주교는 수녀원장에게 비답을 내리지 않았다.

부왕은 스페인 북부 아스투리아스 출신의 말쑥한 장년 남성이었다. 바스크식 공놀이와 메추리 사냥의 달인으로, 그 재주를 바탕으로 부인과 22년의 나이 차를 극복하고 있었다. 자기 자신을 웃음거리로 삼을 때조차 호탕한 웃음을 터뜨릴 정도로, 틈만 나면 호방함을 과시했다. 한밤중의 북소리와 구아야바 열매의 농익은 향기가 실린 카리브의 미풍을 처음 쐬자마자 봄옷을 벗어 던지더니, 부인네들의 쑥덕거림도 아랑곳하지 않고 가슴을 풀어 헤치고 다녔다. 부왕은 일장 연설이나 예포를 쏘는 허례허식 없이 팔을 걷어붙인 채 배에서 내렸다. 주교가 금지한 것들인데도 부왕을 환영하기 위해 판당고, 분데, 쿰비아 등이 뒤섞인 춤판이 벌어졌다. 또한 야외에서는 투우와 닭싸움도 벌어졌다.

부왕 부인은 아직 새파랗게 젊고 활동적이었는데 편하기만 한 상대는 아니었다. 그녀가 일으킨 새로운 바람이 수녀원을 강타했다. 살피지 않는 곳이 없었고, 문제가 있으면 알아야 직성이 풀렸고, 바람직하지 않은 것은 무엇이나 개선하고자 했다. 그녀는 초심자처럼 선

뜻 수녀원을 다 돌아보려고 했다. 부왕 부인이 너무나 설쳐 대자 수녀원장은 감옥에 대한 나쁜 인상만은 주지 않는 것이 현명하다고 생각했다.

"보실 필요가 없어요. 갇혀 있는 사람이 둘뿐인 데다 하나는 악마에 씌었습니다."

부왕 부인의 흥미를 불러일으키는 데는 그 이야기만으로 족했다. 감방이 손님 맞을 준비도 되어 있지 않고 죄수들에게 방문을 알리지도 않았다는 수녀원장의 말은 전혀 소용이 없었다. 감방 문이 열리자마자 마르티나는 용서해 달라고 애원하면서 부왕 부인의 발밑에 몸을 던졌다.

한 번은 실패하고 한 번은 성공한 탈옥 때문에 마르티나를 사면하기는 쉽지 않을 듯했다. 첫 번째 탈주는 6년 전 바다에 면한 테라스를 통해 시도했다. 죄목도 다르고 형량도 다른 수녀 세 사람과 함께였다. 한 사람은 탈옥에 성공했다. 창문을 봉하고 테라스 아래 뜰 주위에 담장을 쌓은 것은 바로 그때였다. 이듬해 나머지 세 사람은 당시 건물 안에서 잠을 자던 간수 수녀를 포박하고는 하인들이 사용하는 문으로 도망쳤다. 마르티나의 고해 신부에 따르면 가족들이 그녀를 수녀원에 되돌려 보냈다고 했다. 마르티나는 장장 4년간 유일한 죄수로 지냈고, 면회실에서의 면회도 허용되지 않았고 예배당에서 일요 미사를 드릴 권리도 박탈당했다. 그래서 사면은 불가능해 보였다. 그러나 부왕 부인은 남편에게 말해 보겠다고 약속했다.

시에르바 마리아의 감방은 생석회 및 역한 타르 냄새 때문에 공기가 아직 칼칼했지만 새롭게 정돈되어 있었다. 간수 수녀가 문을 열자마자 부왕 부인은 얼음장 같은 바람에 매혹되는 느낌을 받았다.

시에르바 마리아는 닳아빠진 도포와 더러운 슬리퍼를 걸치고 앉아서 빛도 들어오지 않는 한구석에서 천천히 바느질을 하고 있었다. 시에르바 마리아는 부왕 부인이 인사를 건네자 비로소 시선을 들었다. 부왕 부인은 소녀의 시선에 거역하기 힘든 계시가 담겨 있음을 감지했다. 부왕 부인은 "성부 성자시여."라고 중얼거리며 감방 안으로 한 발 내디뎠다.

"조심하세요."

수녀원장이 귀에 대고 말했다.

"표범 같은 아이입니다."

수녀원장이 부왕 부인의 팔을 잡았다. 부왕 부인은 들어가지는 않았지만 시에르바 마리아를 한 번 본 것만으로도 소녀를 구할 작정을 하였다.

독신이며 여자를 밝히는 지사는 부왕에게 남자들만의 오찬을 대접했다. 스페인에서 온 현악 사중주단이 연주를 하고, 피리의 일종인 가이타와 북으로 구성된 산하신토 앙상블이 흐르고, 춤판이 벌어지고, 흑인들은 백인의 춤을 뻔뻔스럽게 패러디한 악극 모히강가를 공연했다. 후식을 들고 있을 때 거실 안쪽의 커튼이 열리더니 지사가 몸무게만큼의 금을 주고 산 아비시니아 노예가 등장했다. 거의 투명한 도포를 입어서 그녀가 발가벗으면 아찔할 것이라는 느낌을 가중했다. 그녀는 일반 손님들 사이를 돌며 자태를 선보이다가 부왕 앞에 멈추어 섰다. 이윽고 도포가 그녀의 몸을 타고 발까지 흘러내렸다.

그녀의 완벽함은 전율할 정도였다. 노예 상인의 낙인이 어깨를 더럽히지도 않았고 등에 첫 주인의 이니셜도 없었으며, 몸 전체에서 내밀한 기운이 발산되었다. 부왕은 얼굴이 창백해져서 숨을 가다듬고는, 손사래를 치며 견디기 힘든 광경을 기억에서 지웠다.

부왕이 명령했다.

"주님의 사랑으로 그녀를 데리고 가시오. 내 평생 그녀를 더 보고 싶지 않소."

지사의 경박함을 응징하려 했는지 부왕 부인은 수녀원장이 전용 식당에서 베푼 만찬에서 시에르바 마리아를 부왕에게 소개했다. 마르티나가 미리 일러 주었다.

"그 소녀에게서 목걸이나 팔찌를 벗기려고 하지 마세요. 그러면 얼마나 얌전한지 알게 될 겁니다."

정말로 그랬다. 소녀에게 수녀원에 올 때 입었던 할머니 옷을 입히고, 몸을 씻기고, 헝클어진 머리카락을 빗겨서 땅에 더 잘 끌리게 했다. 그리고 부왕 부인 자신이 소녀의 손을 잡고 남편의 식탁으로 데리고 갔다. 수녀원장까지도 소녀의 돋보이는 용모, 개성적인 광채, 경이로운 머리카락에 놀랐다. 부왕 부인은 남편의 귀에 속삭였다.

"이 소녀는 악마에 씌었어요."

부왕은 믿기지가 않았다. 스페인에 있을 때 부르고스에서 악마에 씐 여인을 본 적이 있었는데, 그녀는 밤새 방이 넘칠 정도로 똥오줌을 계속 싸질렀다. 부왕은 시에르바 마리아가 비슷한 운명을 걷지 않도록 주치의들에게 보였다. 의사들은 광견병 징후가 전혀 없다고 확언했으며, 아브레눈시우가 말했듯이, 광견병이 발발할 것 같지도 않다고 했다. 그러나 어느 의사도 소녀가 악마에 씐 것이 아니라고 단언할 만한 권위를 자신이 가지고 있다고는 생각지 않았다.

주교는 만찬을 계기로 수녀원장의 진정서와 시에르바 마리아의 최근 상태에 대해 숙고했다. 델라우라도 나름대로 엑소시즘을 거행하기 전에 자신을 정화하려고 노력했다. 그래서 타피오카와 물만 가지고 도서관에 틀어박혔다. 그러나 원하는 바를 이루지는 못했다. 밤은 착란 상태로 보내고, 낮에는 온종일 황당무계한 시구를 끄적였다. 시는 육신이 번뇌할 때마다 그에게 유일한 진정제가 되어 온 터였다.

그 시들 중 일부는 한 세기 후 도서관을 비울 때 종이 묶음 속에서 발견되었으나 거의 읽기 불가능했다. 전체가 다 해독이 가능한 유일한 원고였던 첫 번째 시는 열두 살 때의 자신에 대한 기억을 담고 있었다. 델라우라는 아빌라 신학교의 돌이 깔린 뜰에서 부슬부슬 내리는 봄비를 맞으며 학창 시절에 사용하던 궤짝 위에 앉아 있었다. 당시 그는 부친의 옷을 고쳐 입고 노새를 타고 여러 날 걸려 톨레도에서 왔다. 그가 가지고 온 궤짝은 자신보다 두 배는 무거웠다. 그의 어머니가 아들이 수련기가 끝날 때까지 남부끄럽지 않게 살 수 있도록 필요하다 싶은 것은 다 집어넣었기 때문이었다. 문지기가 뜰 가운데로 궤짝을 옮기는 것을 도와주었다. 그리고 나서는 알아서 하라고 그를 부슬비 아래 내버려두었다.

"궤짝을 3층으로 가져가. 거기 가면 학생 자리가 어디인지 가르쳐 줄 테니."

델라우라가 궤짝을 어떻게 처리할지 궁금해서 신학교 사람 모두가 한꺼번에 뜰 쪽 발코니로 나왔다. 델라우라 자신만 느끼지 못했을 뿐 그는 마치 연극 속의 유일한 주인공이 되어 버린 듯했다. 누구의 도움도 받을 수 없다는 사실을 깨달은 그는 들고 갈 수 있는 것을 궤짝에서 꺼내, 가파른 돌계단을 올라 3층까지 날랐다. 조교가 신입생 방에 두 줄로 도열된 침대들 중에서 어디가 그의 자리인지 가르쳐 주었다. 델라우라는 침대 위에 물건을 놓고 뜰을 오가며 짐을 다 나를 때까지 네 번을 더 계단을 올랐다. 마지막으로 빈 궤짝 손잡이를 움켜쥐고 질질 끌면서 계단을 올랐다.

발코니마다에서 그를 바라보던 선생들과 학생들은 델라우라가 층계를 오를 때 돌아보지도 않았다. 그러나 델라우라가 궤짝을 가지고 3층에 올랐을 때 교장 신부는 층계참에서 그를 기다리고 있다가 박수를 치기 시작했다. 다른 사람들도 교장을 따라 박수갈채를 보냈다. 그때에야 델라우라는, 아무것도 묻지 않고 누구의 도움도 없이 궤짝을 방까지 올려놓아야 하는 신학교의 첫 번째 통과의례를 가뿐히 통과했다는 사실을 알게 되었다. 델라우라의 임기응변, 인성, 꿋꿋함은 신입생들에게 귀감으로 칭송받았다.

그러나 그에게 가장 기억에 남은 일은 그날 밤 교장실에서 나눈 대화였다. 교장 신부가 델라우라를 부른 것은 그의 궤짝에 들어 있던 단 한 권뿐인 책에 대해 할 이야기가 있어서였다. 델라우라가 우연히 부친의 사물함에서 찾아낸 그대로, 제본도 뜯어지고 없어진 쪽도 있고 표지도 없는 상태의 책이었다. 델라우라는 아빌라로 오는 동안 밤이면 밤마다 그 책을 읽었고, 끝이 궁금해 죽을 지경이었다. 교장 신부는 책에 대한 델라우라의 의견을 알고 싶어 했다.

"다 읽지 못해서 결말을 모르겠습니다."

교장은 안도의 미소를 흘리며 책을 보관하고 열쇠로 잠갔다.

"결말을 알면 결코 안 되지. 이 책은 금서거든."

24년 후 델라우라는 주교관의 어두컴컴한 도서관에서 금서들을 비롯해 자신의 손을 거쳐간 수많은 책을 읽었는데도 그 책은 읽지

사랑과 다른 악마들 127

못했다는 사실이 떠올랐다. 인생 전체가 그날 끝나고, 어떤 삶인지 알 수 없는 다른 인생이 시작되는 느낌에 그는 전율했다.

금식을 한 지 여드레째 되는 날 델라우라가 오후 기도를 시작했을 때, 주교가 응접실에서 부왕을 맞이하며 그를 기다리고 있다고 알려 왔다. 느닷없는 방문이었다. 그건 부왕에게도 마찬가지였다. 시내에 첫 나들이를 나섰다가 불현듯 방문할 생각이 들었던 것이다. 사람들이 급히 주교의 측근 인사들을 부르고 응접실을 대충 정돈하는 동안 부왕은 꽃이 핀 테라스에서 지붕들을 바라보고 있어야 했다.

주교는 가장 고위직에 있는 사제 여섯 명과 함께 부왕을 맞아들였다. 주교는 자기 오른쪽에 델라우라를 앉히고, 별다른 직함을 언급하지 않고 정식 이름만 부왕에게 소개했다. 이야기를 나누기 전에 부왕은 껍질이 일어난 벽, 망가진 커튼, 싸구려 수공예 가구, 땀에 절은 초라한 사제복을 입은 사제들을 동정에 찬 눈초리로 훑어보았다. 자존심에 상처를 입은 주교가 말했다.

"우리 모두가 목수 요셉의 자식이죠."

부왕은 이해하겠다는 표정을 짓고 도착 첫 주에 받은 인상을 낱낱이 이야기했다. 부왕은 전쟁의 상흔이 치유되면 영국령 앤틸리스 제도와의 교역을 증대하겠다는 허황된 계획에 관해 이야기했다. 국가의 교육 개입의 장점에 관해서도 이야기하고, 예술과 문학을 진흥시켜 이 촌구석 식민지가 세계와 어깨를 견줄 수 있게 하리라는 이야기도 했다.

"지금은 혁신의 시대입니다."

부왕이 말했다. 주교는 현세의 권력이 얼마나 편리한 것인지 다시 한 번 알게 되었다. 그는 델라우라를 쳐다보지 않고 떨리는 손으로 그를 가리키며 부왕에게 말했다.

"이곳에서 그 새로움의 물결을 놓치지 않고 있는 이가 카예타노 델라우라 신부입니다."

부왕은 손가락이 가리키는 방향을 좇았다. 덤덤한 얼굴, 빤히 자신을 쳐다보는 어리둥절한 눈과 마주쳤다. 부왕은 정말로 호기심이 일어 델라우라에게 물었다.

"라이프니츠를 읽었나?"

"그렇습니다, 부왕 저하."

델라우라가 독서 동기를 밝혔다.

"제 직책상 읽었습니다."

방문 말미에 부왕의 가장 큰 관심사는 시에르바 마리아가 처한 상황임이 명백해졌다. 부왕이 설명하기를, 시에르바 마리아도 그렇고 또한 수녀원장의 마음의 평화 문제도 그렇고 가슴이 아프다는 것이었다. 주교가 말했다.

"아직 결정적인 증거는 없지만 수녀원의 기록에 따르면 그 가련한 소녀는 악마에 씌었습니다. 수녀원장이 우리보다 더 잘 알고 있죠."

"수녀원장은 그대들이 사탄의 함정에 빠졌다고 생각하더군요."

부왕이 말했다.

"우리뿐만 아니라 스페인 전체가 함정에 빠졌죠. 우리는 그리스도의 계율을 전파하려고 대서양을 건넜습니다. 그리고 미사와 종교 행렬과 수호성인을 기리는 축제에서는 이에 성공했습니다. 그러나 영혼에 계율을 심는 데는 실패했습니다."

주교는 유카탄에 대해 말했다. 그곳에서는 이교도들의 피라미드를 은폐하려고 웅장한 성당을 지었다. 그러나 원주민들이 미사에 참석하는 이유가 그들의 성전이 은 제단 아래 계속 건재하기 때문이라는 것을 미처 깨닫지 못했다. 주교는 또한 정복 때부터 이루어진 혼혈에 대해 이야기했다. 스페인 사람의 피와 인디오의 피가 섞이고, 스페인 사람과 인디오가 각각 온갖 흑인들, 심지어 이슬람교도로 개종한 만딩고 여인들과 피를 섞었지만, 주교는 그런 공생이 신의 왕국에서도 가능할지 자문했다. 불편한 호흡과 노인성 잔기침의 훼방을 받으면서도 주교는 부왕에게 말할 틈을 주지 않고 하던 말을 맺었다.

"이 모든 것이 사탄의 함정이 아니고 무엇이겠습니까?"

부왕의 안색이 변했다.

"존경하는 주교님의 환멸이 극에 달했군요."

"그렇게 생각하지 마십시오, 저하."

주교가 아주 좋게 이야기했다.

"우리가 얼마만큼의 신앙심을 필요로 하는지 더 명확히 밝히려는 것뿐입니다. 이곳 사람들을 우리가 뼈를 묻을 만한 가치가 있는 사람으로 만들기 위해서 말입니다."

부왕은 하던 이야기를 다시 했다.

"내가 보기에 수녀원장의 항의는 현실적인 성격을 띠고 있습니다. 그렇게 어려운 사안을 위해서라면 아마 다른 수녀원이 더 조건이 좋을지도 모른다는 점을 유념해 주십시오."

"저하, 호세파 미란다의 엄정함과 효율성과 권위 때문에 주저 없이 산타클라라 수녀원을 택했다는 사실을 알아주십시오. 우리가 옳다는 것을 하느님도 아실 겁니다."

"내가 그 이야기를 전해 드리리다."

"수녀원장도 익히 알고 있습니다. 제가 걱정하는 이유는 수녀원장이 도통 그것을 믿으려고 하지 않기 때문입니다."

그 말을 한 순간 주교는 고약한 천식이 발작하려는 조짐을 느껴 손님맞이를 서둘러 마치려 했다. 주교는 수녀원장의 진정서가 계류 중인데, 건강이 조금 좋아지면 즉시 가장 열정적인 목자의 사랑으로 그 문제를 해결하겠다고 말했다. 부왕은 이에 감사하면서 예를 갖춰 방문을 끝냈다. 부왕 역시 끈질긴 천식 때문에 고생하던 터라 자신의 주치의를 주교에게 권했다. 주교는 자기 경우에는 합당하지 않다고 생각했다.

"제 모든 것은 이미 하느님의 손에 있습니다. 성모 마리아님이 돌아가신 나이만큼 되었거든요."

처음 만나서 인사할 때와는 달리 작별 인사는 늘어졌고, 격식도 갖추었다. 델라우라를 포함한 사제 세 명이 말없이 부왕을 수행해서 을씨년스러운 복도를 지나 정문까지 갔다. 부왕의 경호대는 창을 십자로 포개어 거지들의 접근을 막았다. 마차에 오르기 전에 부왕은 델라우라 쪽으로 몸을 돌려 거역할 수 없는 손길로 그를 가리키며 말했다.

"내가 그대를 잊지 않도록 하여라."

수수께끼 같은 너무나 뜻밖의 말에 델라우라는 겨우 목례로 응답했다.

부왕은 수녀원으로 가서 방문 결과를 수녀원장에게 이야기해 주었다. 몇 시간 후 이미 등자에 발을 올려놓은 부왕은 부인이 조르는데도 마르티나에 대한 사면을 거부했다. 그가 감옥에서 보아 온 반인륜 범죄를 저지른 수많은 죄수들에게 나쁜 선례가 되리라 생각했던 것이다.

델라우라가 돌아올 때까지 주교는 몸을 앞으로 숙이고 눈을 감은 채 식식거리는 호흡을 진정시키려 하고 있었다. 시중을 들던 이들이 슬그머니 물러나고 없는지라 응접실은 어둠에 싸여 있었다. 주교는 주변을 살폈다. 빈 의자들이 가지런히 벽에 붙어 있었고 델라우라만 남아 있는 것이 보였다. 그에게 낮은 목소리로 물었다.

"우리가 그렇게 선량한 사람을 본 적이 있던가?"

델라우라는 어정쩡한 기색으로 대답했다. 주교는 어렵게 몸을 일으켜, 호흡을 가다듬을 때까지 안락의자 팔걸이에 몸을 기대었다. 주교는 저녁 식사를 하고 싶어 하지 않았다. 델라우라는 서둘러 유등을 켜서 침실로 가는 길을 밝혀 주었다. 주교가 말했다.

"우리가 부왕을 아주 박대했군."

"환대할 이유가 있습니까? 격식을 갖춰 통보도 하지 않고 주교관 문을 두드리면 안 되죠."

주교는 이에 동의하지 않는지라 아주 똑똑히 의견을 밝혔다.

"내 문은 곧 교회의 문이고 부왕은 그 옛날의 선량한 기독교도처럼 행동했어. 가슴에 찬 울화 때문에 무례하게 군 사람은 나였네. 내 잘못을 바로잡으려면 무엇인가를 해야겠어."

침실 문가에서 주교는 어조와 화제를 바꾸었다. 그리고 어깨를 친근하게 두드리며 델라우라를 보냈다.

"오늘 밤 나를 위해 기도해 주게. 밤이 너무 길까 봐 두렵군."

사실 주교는 부왕의 방문 중 예감했던 것처럼 천식이 악화되는 바람에 이승을 하직하는 줄 알았다. 타르타르산(酸) 구토제도 여타 극단적인 처방들도 듣지 않아서 긴급히 피를 뽑아야 했다. 동이 틀 무렵 주교는 다시 원기를 회복했다.

지척에 있는 도서관에서 날을 새운 델라우라는 아무것도 모르고 있었다. 아침 기도를 드리기 시작했을 때 주교가 그를 침실에서 기다린다는 전갈을 받았다. 주교는 침대에서 아침으로 빵과 치즈를 먹으며 초콜릿 차를 마시고 있었다. 새 풀무처럼 숨을 쉬고 기분도 좋았다. 델라우라는 주교를 보자마자 그가 결정을 내렸다는 것을 깨달았다.

사실이 그랬다. 수녀원장의 청원에 반하여 시에르바 마리아는 산타클라라 수녀원에 남았고, 델라우라 신부가 주교의 전폭적인 신뢰를 업고 계속 소녀를 맡았다. 소녀가 그때까지와는 달리 감금 상태에서 풀려나 수녀원 사람들이 누리는 편의를 누릴 수 있도록 했다. 주교는 수녀원의 기록에 대해 감사했다. 하지만 엄밀함이 결여되어 이 사안을 밝히는 데 지장을 주기 때문에 엑소시스트가 자신의 판단 기준에 따라 일을 처리해야만 한다는 것이 주교의 입장이었다. 그는 마지막으로, 자신이 후작을 접견할 수 있을 만큼 시간이 생기고 건강이 회복될 때까지, 필요하면 델라우라가 자신의 이름으로 전권을 쥐고 후작을 방문하라고 명했다.

"더 이상의 지시는 없을 걸세. 그대에게 신의 축복이 있기를."

델라우라는 뛰는 가슴을 안고 수녀원으로 달려갔다. 그러나 시에르바 마리아는 감방에 없었다. 소녀는 수녀원 내 행사용 홀에서 진짜 보석들을 몸에 휘감고 머리카락을 발치까지 늘어뜨리고 있었다. 부왕의 수행원 중 유명한 초상화가를 위해 흑인 여성 같은 매혹적인 자태로 포즈를 취하고 있었던 것이다. 시에르바 마리아는 아름답기도 하지만 화가의 의도에 맞출 줄 아는 감각도 빼어났다. 델라우라는 무아지경에 빠졌다. 눈에 띄지 않도록 어두운 곳에서 소녀를 보며 가슴속의 모든 의혹을 지워 버릴 시간을 충분히 가졌다.

오후 3시 기도를 올릴 시간에 초상화가 완성되었다. 화가가 좀 떨어져서 그림을 세세히 훑어보다가 두세 차례 마지막 손질을 했다. 그리고 서명을 하기 전에 시에르바 마리아에게 봐 달라고 부탁했다. 그림 속의 소녀는 시에르바 마리아와 똑같았으며, 그녀를 따르는 악마 신하들을 거느리고 구름 위에 서 있었다. 소녀는 천천히 그림을 보았고, 물오른 나이에서 뿜어 나오는 광채 속의 자신을 알아보았다. 마침내 소녀가 말했다.

"마치 거울 같군요."

"악마들이 있어도?"

화가가 물었다.

"그래요."

모델 일이 끝나자 델라우라는 소녀와 함께 감방으로 갔다. 한번도 소녀가 걷는 것을 보지 못했는데, 마치 춤을 추듯 우아하고 수월하게 걷고 있었다. 그는 소녀가 헐렁한 죄수복 이외의 다른 옷을 입은 것을 본 적이 없었다. 그런데 그림 속 여왕의 의복이 소녀를 성숙하고 우아하게 보이도록 했는지라 이미 시에르바 마리아가 어느 정도 여자 같다는 느낌을 받았다. 두 사람은 처음으로 같이 걸어가는 것이었다. 신부는 천진난만하게 같이 걸을 수 있는 것이 기뻤다.

부왕 부부의 설득 덕분에 감방은 달라져 있었다. 두 사람은 작별 인사를 하러 방문한 참에 주교의 선량한 의도를 거론하며 수녀원장을 설득했다. 매트리스는 새것이었고, 아마포 시트와 깃털 베개가 있었다. 또한 세면과 목욕을 위한 용기들도 놔 주었다. 바다가 발하는 빛이 십자 격자를 떼어 버린 창으로 들어와 막 회칠한 벽에서 반짝거렸다. 음식이 봉쇄 수녀들의 것과 동일하기에 이제 밖에서 아무것도 가져올 필요가 없었다. 그러나 델라우라는 수를 써서 시장에서 파는 맛있는 것들을 계속 몰래 들여왔다.

시에르바 마리아가 간식을 나누어 먹으려 했지만 델라우라는 산타클라라회 수녀들의 명성을 유지해 주는 케이크 한 쪽으로 만족했다. 간식을 먹는 동안 시에르바 마리아가 예기치 않은 말을 했다.

"눈을 봤어요."

델라우라는 놀라지 않았다. 산타마르타의 네바다 산맥에 거의 바닷가 가까이까지 눈이 쌓여 있다는 것을 모르고 그 옛날 어느 부왕이 피레네 산맥의 눈을 가져와 원주민들에게 보여 주려 했다는 이야기를 들은 적이 있었다. 델라우라는 부왕이 새로운 기술을 이용해 그 위업을 달성했나 싶었다.

"아니에요. 꿈에서 봤어요."

시에르바 마리아는 꿈 이야기를 해 주었다. 눈이 엄청 내리는 창 앞에서 무릎에 포도송이를 놓고 한 알씩 뜯어 먹고 있었다는 것이다. 델라우라는 공포가 날갯짓하는 것을 느꼈다. 최후의 답변이 임박했다는 사실에 몸을 떨면서 질문을 감행했다.

"꿈이 어떻게 끝났지?"

"말씀 드리기 겁나요."

신부는 더 들을 필요도 없었다. 눈을 감고 소녀를 위해 기도했다. 기도를 마쳤을 때 그는 딴사람이 되어 있었다.

"걱정하지 마. 약속하건대 너는 성령의 은총으로 곧 자유의 몸이 되어 행복하게 살 거야."

베르나르다는 그때까지도 시에르바 마리아가 수녀원에 있는지 모르다가 어느 날 밤 아주 우연히 알게 되었다. 집을 쓸고 정리하는 둘세 올리비아를 발견하고 집안사람의 환영으로 착각한 날이었다. 베르나르다는 이성적인 설명을 찾으려고 방마다 점검했다. 그러던 중에 오래전부터 시에르바 마리아를 보지 못했다는 사실을 깨달았다. 카리다드 델 코브레가 자신이 아는 대로 이야기해 주었다.

"후작님이 이르시기를, 아주 멀리 떠나 더 이상 보지 못할 거라고 합니다."

남편의 침실에 불이 켜져 있어서, 베르나르다는 노크 없이 들어갔다.

후작은 해먹에서 연기에 싸여 잠을 이루지 못하고 있었다. 모기를 쫓으려고 태우는 배설물이 천천히 타고 있었다. 비단 가운을 입어서 모습이 달라진 이상한 여자가 후작의 눈에 비쳤다. 베르나르다가 창백하고 슬픔에 잠겨 있어서 후작도 그녀를 보고 머나먼 곳에서 온 환영이라고 생각했다. 베르나르다가 시에르바 마리아에 대해 물었다.

"우리와 함께 있지 않은 지 꽤 되었소."

그녀는 그 말을 더 나쁜 뜻으로 이해하여 제일 가까운 의자에 앉아 호흡을 가다듬어야만 했다.

"아브레눈시우가 기어코 일을 냈군요."

후작이 성호를 그으며 말했다.

"하느님 제발!"

후작은 진실을 말했다. 베르나르다의 소원대로 부인을 죽은 셈 쳤기 때문에 제때 알리지 않았다고 설명하는 배려도 베풀었다. 베르나르다는 잔뜩 귀 기울여 들었다. 12년을 불화 속에 살면서 후작이 한번도 받아 보지 못한 대접이었다.

"내 목숨을 걸었다고 생각했는데 아이 목숨을 걸게 되었지."

베르나르다는 한숨을 쉬었다.

"그러니까 지금 우리의 치부가 공개적인 것이 되었다는 말이군요."

남편의 눈에서 눈물 한 방울이 번득였다. 그것을 본 베르나르다는 오장육부에서 한기가 솟구쳤다. 이번에는 죽음의 그림자 때문이 아니라 조만간 일어날 일에 대한 확신 때문이었다. 베르나르다가 옳았다. 후작은 기를 쓰고 해먹에서 일어나더니, 그녀 앞에 허물어져 무용지물이 된 노인처럼 눈물을 펑펑 터뜨렸다. 베르나르다는 비단 옷을 적신 뒤 서혜부를 타고 뚝뚝 떨어지는 남편의 뜨거운 눈물에 굴복하고 말았다. 비록 시에르바 마리아를 엄청나게 증오했지만, 아이가 살아 있는 것을 알게 되어 다행이라고 고백했다.

"저는 늘 모든 것을 다 이해했지만 죽음만은 이해하지 못하겠네요."

그녀는 당밀과 카카오를 가지고 다시 방에 처박혀 지냈다. 그리고 두 주 후에 방에서 나왔을 때는 방황하는 시체가 되어 있었다. 후작은 베르나르다가 아침 일찍부터 여행 채비를 하는 것을 알았지만 신경 쓰지 않았다. 태양이 뜨거워지기 전에 베르나르다가 온순한 노새에 올라 짐을 실은 또 다른 노새를 끌고 뜰에 난 문으로 나가는 것을 보았다. 그녀는 노새 몰이꾼이나 노예를 대동하지 않고, 또 작별 인사도 아무런 설명도 없이 이렇게 가 버린 적이 여러 번 있었다. 하지만 후작은 그녀가 이번에는 영원히 가 버렸다는 것을 알았다. 왜냐하면 늘 가지고 가던 가방 외에도, 오랜 세월 침대 밑에 묻어 두었던, 순금이 가득한 항아리 두 개를 가지고 갔기 때문이다.

해먹에 벌렁 드러누운 후작은 노예들이 자신을 칼로 난도질하리라는 두려움에 다시 사로잡혀 낮에도 노예들이 집 안에 들어오는 것을 금했다. 그래서 델라우라가 주교의 명으로 후작을 방문했을 때, 아무리 문을 두드려도 대답이 없어서 문을 열고 그냥 들어가야만 했다. 우리에 갇힌 사냥개들이 난리를 피웠지만 신부는 계속 안으로 들어갔다. 텃밭에서 사라센 칠라바를 걸치고 톨레도 모자를 쓴 후작이 오렌지 꽃에 완전히 파묻혀 해먹에서 낮잠을 자고 있었다. 델라우라는 후작을 깨우지 않고 바라보았다. 마치 늙고 외로움에 찌든 시에르바 마리아를 보는 듯했다. 후작이 잠에서 깨어났다. 신부가 눈에 하고 있는 안대 때문에 누군지 알아보는 데 시간이 걸렸다. 델라우라는 평화의 표시로 손을 활짝 펴서 들었다.

"하느님의 가호가 있기를, 후작님. 안녕하신지요?"

"이곳에서 썩어 가는 중이죠."

후작은 낮잠을 자는 동안 생긴 거미줄을 힘없는 손으로 걷어 내고 해먹 위에 앉았다. 델라우라는 함부로 들어온 데 대해 양해를 구했다. 후작은 손님이 끊긴 지 오래라 아무도 문 두드리는 것에 신경 쓰지 않는다고 설명했다. 델라우라가 엄숙한 어조로 말했다.

"주교님이 너무 바쁘신 데다 천식이 도지셔서 저를 대신 보내셨습니다."

인사치레가 끝나자 델라우라는 해먹 옆에 앉아 속을 끓이던 문제를 바로 이야기했다.

"제가 따님의 영적 안녕을 맡았다는 것을 말씀 드려야겠네요."

후작은 사의를 표하고 딸이 어떤지 알고 싶어 했다.

"괜찮습니다. 하지만 더 좋아지도록 돕고 싶습니다."

델라우라는 엑소시즘의 의미와 방법에 대해 설명했다. 그는 추잡한 영혼을 육신으로부터 퇴치하고 병마와 나약함을 치유하려고 예수가 제자들에게 부여한 권능에 대해 말했다. 악마에 씐 돼지 2000마리 및 로마 군단과 관련된 복음의 교훈에 대해서도 말해 주었다. 그러나 가장 먼저 할 일은 시에르바 마리아가 진짜로 악마에 씌었는지 판단하는 것이었다. 델라우라는 그렇지 않다고 믿지만, 의혹을 말끔히 해소하려면 후작의 도움이 필요하다는 것이었다. 신부는 무엇보다도 후작의 딸이 수녀원에 들어가기 전에는 어땠는지 알고 싶다고 말했다.

"모릅니다. 딸아이에 대해 알면 알수록 더 모르겠다는 느낌이에요."

아이를 노예의 뜰에 아무렇게나 내버려두었다는 죄책감이 후작을 괴롭혔다. 몇 달이나 지속된 적도 있었던 딸의 침묵을 그 일 탓으로 돌렸다. 비이성적인 폭력을 분출했던 것도, 소매에 묶어 놓은 방울을 고양이에게 달아 어머니를 골려 먹던 교활함도 그 탓으로 돌렸다. 아이를 파악하는 데 최대의 걸림돌은 재미로 거짓말을 하는 버릇이었다.

"흑인들처럼요."

델라우라가 말했다.

"검둥이들은 우리에게만 그러지 자기들끼리는 거짓말을 하지 않습니다."

침실에서 델라우라는 시에르바 마리아의 조모가 쓰던 온갖 물건과 소녀의 새 물건들을 한눈에 가려 냈다. 생동감 있는 인형, 발레리나 태엽 인형, 음악상자 등이었다. 침대 위에는 수녀원에 딸을 데려갈 때 후작이 싼 가방이 그대로 있었다. 먼지가 뽀얗게 쌓인 티오르바가 한구석에 아무렇게나 있었다. 후작은 티오르바가 이제는 사용되지 않는 이탈리아 악기라고 설명하고, 딸의 연주 소질을 극찬했다. 후작은 기분 전환도 할 겸 악기를 조율하기 시작했다. 그리고 마침내는 훌륭한 기억력을 바탕으로 악기를 탔을 뿐만 아니라 딸과 함께 부르던 노래를 불렀다.

그것은 계시의 순간이었다. 후작이 딸에 대해 제대로 하지 못한 이야기를 음악이 델라우라에게 해 주었다. 그러는 동안 후작은 너무 가슴이 미어져서 노래를 끝낼 수 없었다. 그가 한숨 쉬며 말했다.

"딸아이에게 모자가 얼마나 잘 어울렸는지 모르실 거요."

델라우라는 후작의 서러움에 전염되었다.

"따님을 무척 사랑하시는군요."

"그 누구도 내가 딸아이를 얼마나 사랑하는지 모르오. 그 애를 볼 수만 있다면 영혼이라도 드리리."

델라우라는 성령이 아주 사소한 것도 놓치지 않는다는 사실을 다시금 깨달았다.

"시에르바 마리아가 악마에 씐 것이 아니라는 사실만 입증할 수 있다면 그보다 쉬운 일은 없습니다."

"아브레눈시우와 이야기해 보시오. 처음부터 시에르바 마리아가 건강하다고 말해 왔습니다. 그만이 설명할 수 있어요."

델라우라는 자신이 갈림길에 서 있다는 걸 알았다. 아브레눈시우는 구원의 손길일 수도 있지만, 그와 의논하는 것은 원치 않는 결과를 야기할 수도 있었다. 후작이 신부의 생각을 읽은 듯했다.

"아브레눈시우는 대단한 사람이오."

델라우라가 의미심장한 표정으로 고개를 끄덕였다.

"종교 재판소의 심리 기록을 보았습니다."

"딸아이를 되찾으려면 어떤 희생이라도 감수하겠소."

후작이 거듭 강조했다. 델라우라가 아무런 반응이 없자 말을 맺었다.

"제발 하느님의 사랑으로요."

가슴이 찢어진 델라우라가 말했다.

"제발 빌겠습니다. 제 마음을 더 이상 아프게 하지 말아 주십시오."

후작은 더 매달리지 않았다. 침대 위의 손가방을 집어서 딸에게 가져다 달라고 부탁했다.

"적어도 제가 자기 생각을 하고 있다는 것은 알아주겠죠."

델라우라는 작별 인사도 없이 도망쳤다. 비가 억수같이 내려 손가방을 망토 안에 감쌌다. 한참 후에야 자신이, 후작이 티오르바 반주에 맞춰 부르던 노래 구절구절을 속으로 되풀이해 부르고 있음을 깨달았다. 그는 세찬 비를 맞으면서 큰 목소리로 처음부터 끝까지 계속 불렀다. 그리고 여전히 노래를 부르며 수공예업자들의 동네에서 선술집 왼쪽으로 방향을 꺾었다. 이윽고 아브레눈시우의 집 문을 두드렸다.

한참 대답이 없더니 절뚝거리는 발소리에 이어 잠이 반쯤 덜 깬 목소리가 들렸다.

"누구요?"

"사법부입니다."

큰 소리로 이름을 밝히지 않으려다 보니 유일하게 떠오른 말이었다. 아브레눈시우는 진짜로 관리가 온 줄 알고 대문을 열었건만 찾아온 이가 누구인지 알 수 없었다. 델라우라가 말했다.

"저는 교구 도서관장입니다."

의사는 어두운 현관으로 그를 맞아들이고 홀딱 젖은 망토를 벗는 걸 도와주었다. 그리고 자신의 스타일대로 신부에게 라틴어로 물었다.

"그 눈은 어느 전투에서 잃으셨소?"

델라우라는 일식 중 겪은 불상사에 대해 고전 라틴어로 이야기했다. 또한 안대가 반드시 효험을 볼 거라고 주교 주치의가 장담했는데도 질환이 지속된다고 상세히 이야기했다. 그러나 아브레눈시우는 신부의 순정한 라틴어에 대해서만 신경을 썼다.

"정말 완벽한 라틴어요."

의사가 놀라 말했다.

"어디 출신이오?"

"아빌라입니다."

"그렇다면 더욱 대단하시구려."

의사는 신부복과 샌들을 벗게 하여 물이 빠지도록 걸어 두고, 신부의 흠뻑 젖은 속옷 위에 자신의 학사 망토를 덮어 주었다. 그러고는 안대를 떼어 휴지통에 던졌다.

"그 눈의 유일한 병은 필요 이상으로 본다는 것이오."

델라우라는 거실에 빈틈없이 들어찬 엄청난 장서에 정신이 팔렸다. 그것을 깨달은 아브레눈시우는 천장까지 달하는 높은 책장에 훨씬 더 많은 책이 꽂혀 있는 조제실로 신부를 데려갔다.

"성령이시여!"

델라우라가 외쳤다.

"이건 페트라르카의 도서관이군요."
"200권 정도만 더 있다면요."
아브레눈시우는 신부가 마음대로 살펴보게 내버려두었다. 스페인에서라면 감옥행도 감수해야 할 유일본들도 있었다. 델라우라가 그 책들을 알아보고, 넋이 나가 뒤적거리다가 영혼의 아픔을 느끼며 책장에 다시 꽂았다. 책장의 특별한 위치에, 자자손손 읽히고 있는 『헤룬디오 신부』와 더불어 프랑스어로 된 볼테르 전집과 라틴어로 번역된 그의 『철학 서간』이 꽂힌 것을 발견했다.
"라틴어로 된 볼테르는 거의 이단이죠."
신부가 농담을 했다. 아브레눈시우는 순례자들에게 기쁨을 주려고 진귀한 책을 만드는 사치를 부리던 코임브라*의 한 사제가 번역한 것이라고 말해 주었다. 델라우라가 책장을 뒤적이는데 의사가 프랑스어를 아냐고 물었다.
"말은 못해도 읽을 줄은 압니다."
델라우라가 라틴어로 말했다. 그리고 거드름 떨지 않고 덧붙였다.
"그 밖에 그리스어, 영어, 이탈리아어, 포르투갈어를 하고 독일어도 조금 압니다."
"볼테르에 대해 말씀하시기에 물었습니다. 완벽한 산문이죠."
"우리를 가장 아프게 하는 산문이기도 하고요. 프랑스인의 산문인 것이 유감이라니까요."
"당신이 스페인 사람이라 그런 말을 하는 거죠."
"내 나이가 되면, 게다가 피가 이렇게 많이 섞이면, 내가 어디 출

---

* 한때 포르투갈 왕국의 수도였으며 대학 도시로 유명했다.

신인지도 잘 모르게 됩니다. 내가 누구인지도 모르고요."

"그건 이 땅에서는 누구도 몰라요. 그리고 내 생각엔 그걸 알려면 몇 세기는 걸릴 것 같소."

델라우라는 서재를 계속 살펴보면서 대화를 나누었다. 곧잘 그랬듯이, 갑자기 열두 살 때 신학교 교장이 압수한 책이 생각났다. 그 책 내용 중에서 단지 한 부분만 기억하고 있었고, 도움을 줄 수 있을 만한 사람들에게 그 부분을 평생 반복해 물어 왔다.

"제목을 기억하시오?"

아브레눈시우가 물었다.

"제목도 몰라요. 책 결말을 알 수 있다면 무엇이든 다 주고 싶은 심정이오."

의사는 그 책의 제목을 말해 주는 대신 신부 앞에 다른 책 한 권을 놓았다. 신부는 대번에 알아보았다. 『아마디스 데 가울라의 네 권의 책』*이라는 오래된 세비야 판본이었다. 델라우라는 덜덜 떨리는 몸으로 책을 살펴보았고, 자신이 숨넘어가기 일보 직전임을 깨닫게 되었다. 마침내 감히 물었다.

"이 책이 금서인 줄은 압니까?"

"최근 몇백 년 동안의 가장 훌륭한 소설들과 마찬가지로요. 요즘은 그런 소설 대신 식자층을 위한 전문 서적만 찍어 내죠. 기사도 소설이라도 몰래 읽지 않으면 가난한 이들은 오늘날 무엇을 읽겠습니까?"

---

* 보통 『아마디스 데 가울라』라고 일컬어진다. 13세기 말의 작품으로 추정되며 스페인 기사 로망스 최고의 작품으로 꼽힌다.

"다른 책들도 있습니다.『돈키호테』초판이 인쇄된 바로 그해에 이 땅에서 100권이 읽혔습니다."

"읽힌 건 아니죠. 세관을 통과해 여러 지역으로 퍼졌을 뿐이죠."

델라우라는 의사의 말을 귀담아듣지 않았다. 그 귀중한『아마디스 데 가울라』판본이 누구 것인지 알아냈기 때문이다.

"이 책은 9년 전에 우리 도서관의 비밀 서고에서 사라져 행방이 묘연했던 것이오."

"진작 그 생각을 했어야 하는데. 하지만 역사적인 책으로 생각할 만한 다른 이유들이 있었거든요. 이 책은 1년 이상 이 사람 손에서 저 사람 손으로 옮겨 다녔죠. 적어도 열한 명을 거쳐 갔고, 그중 최소한 세 사람은 죽었습니다. 확신하건대 미지의 기 때문에 죽었을 겁니다."

"당신을 종교 재판소에 고발하는 것이 제 의무겠죠."

아브레눈시우가 그 말을 농담으로 받아들였다.

"내가 이단적인 말이라도 했소?"

"금서인 데다 남의 책을 가지고 있으면서 신고하지도 않았으니 말입니다."

"그 책뿐만 아니라 수없이 더 있습니다."

아브레눈시우가 집게손가락으로 크게 원을 그리며 책이 빼곡히 들어찬 선반들을 가리키면서 말했다.

"하지만 고발하기 위해서라면 당신은 예전에 오셨을 거고, 그러면 저는 문도 열어 주지 않았겠죠."

아브레눈시우는 신부 쪽으로 돌아서서 유쾌한 표정으로 말을 맺었다.

"반면 당신이 지금 오셔서 즐겁습니다. 당신이 여기에 있는 것이 말입니다."

"딸의 운명에 안절부절못하는 후작이 권해서 왔습니다."

아브레눈시우는 신부를 자기 앞에 앉혔다. 그리고 묵시록에나 나올 법한 폭풍우 때문에 바다가 미쳐 날뛰는 동안 두 사람은 대화의 즐거움에 빠져 들었다. 의사는 인류의 기원까지 거슬러 올라가는 광견병과 그 어쩔 도리 없는 해악, 이를 치유하지 못하는 1000년의 의학적 무능 등에 대해 지성적이고 박식한 설명을 했다. 예로부터 특정 정신병이나 혹은 여타 정신 질환의 경우와 마찬가지로 광견병을 악마에 씐 것과 어떻게 혼동해 왔는지 유감스러운 사례들도 들었다. 시에르바 마리아의 경우 개에게 물린 지 몇 주나 지났기 때문에 광견병에 감염된 것 같지는 않다고 했다. 아브레눈시우는 시에르바 마리아가 현재 처한 유일한 위험은 수많은 다른 사람들의 경우처럼 엑소시즘의 잔혹함 때문에 죽는 것이라고 결론지었다.

마지막 구절은 중세 의술 특유의 과장 같았지만 델라우라는 반박하지 않았다. 소녀가 악마에 씐 것이 아니라는 자신의 신학적 소견을 뒷받침해 주기 때문이었다. 델라우라는 스페인어와 포르투갈어와는 전혀 다른, 시에르바 마리아가 구사하는 아프리카의 세 개 언어가 수녀원에서 말하는 것처럼 사탄의 말이라고는 전혀 볼 수 없다고 말했다. 소녀의 힘이 놀랍다는 많은 증언이 있었지만 그것이 초자연적인 힘이라는 증언은 하나도 없었다. 이를테면 비록 성인(聖人)임을 규정지을 때도 부차적인 증거로 사용되는 두 가지 현상이기는 하지만, 시에르바 마리아가 공중 부양이나 예언 능력 같은 힘을 가졌다고는 전혀 입증할 수 없었다. 델라우라는 이름 높은 신도

단의 단원들, 심지어 다른 단체들의 지지를 이끌어 내려고 했지만 그 누구도 감히 수녀원 기록이나 일반인의 통념에 반하는 주장을 하지 못했다. 신부는 자신의 척도나 아브레눈시우의 척도가 아무도 납득시키지 못하리라는 사실을 인식하고 있었다. 두 척도를 같이 들이대면 더할 것이었다.

"그대와 나 둘과 모든 사람의 대결이 되겠죠."

신부가 말했다.

"그래서 이곳에 오신 것이 놀랍소. 나야 종교 재판소의 사냥감으로는 아주 그만인 사람인데 말이오."

"사실 내가 왜 왔는지 그것조차 확실히 모르겠습니다. 내 믿음을 시험하려고 성령이 그 소녀를 내게 보내 주신 것이 아니라면."

그 이야기를 한 것만으로 가슴에 맺힌 멍울에서 해방되었다. 아브레눈시우는 신부의 눈을 응시하며 영혼 밑바닥까지 들여다보았다. 신부가 거의 울음을 터뜨릴 지경이라는 것을 깨달았다.

"공연히 자학하지 마시오."

의사가 진정시키려는 어조로 말했다.

"아마 당신은 그저 소녀 이야기를 나눌 사람이 필요해서 왔지 싶은데요."

델라우라는 발가벗겨진 느낌이 들었다. 자리에서 일어나 문 쪽을 찾았다. 후다닥 도망칠 수는 없었다. 옷을 반쯤만 입은 상태였기 때문이다. 아브레눈시우는 대화를 계속 나누고 싶어서 일부러 미적거리며 아직도 젖어 있는 옷을 입는 것을 도왔다.

"당신하고라면 다음 세기까지도 계속 이야기를 나누고 싶소."

의사가 말했다. 그리고 눈에 일식이 계속되는 증상을 치료할 작고 투명한 안약으로 신부를 잡으려 했다. 신부를 문에서 되돌려 세워 집 안 어딘가에 두고 잊어 먹은 손가방을 찾게도 했다. 그러나 델라우라는 치명적인 고통에 사로잡힌 듯했다. 오후를 내준 것에 대해, 그리고 의학적인 조언과 안약에 감사하기는 했지만, 다른 날 더 여유 있을 때 다시 오겠다는 약속만 남겼을 뿐이다.

델라우라는 소녀를 보아야 한다는 압박감을 주체하지 못했다. 대문을 나섰을 때 어둑어둑한 밤이라는 사실도 깨닫지 못했다. 날은 개었지만 폭풍우 때문에 하수구가 넘쳐흘렀다. 델라우라는 복사뼈까지 차오르는 물을 헤치고 길 가운데로 걸었다. 문지기 수녀는 통행금지 시간이 다 되었다며 앞을 가로막으려 했다. 신부가 그녀를 비키게 했다.

"주교의 명이오."

시에르바 마리아는 깜짝 놀라 잠이 깼다. 어둠 속이라 델라우라를 알아보지 못했다. 그는 어째서 엉뚱한 시간에 왔는지 설명할 도리가 없어 얼른 아무런 핑계나 댔다.

"네 아버지가 너를 보고 싶어 하신단다."

소녀는 작은 손가방을 알아보고는 분노로 얼굴이 달아올랐다.

"하지만 저는 보고 싶지 않아요."

당혹한 신부가 이유를 물었다.

"싫으니까 싫죠. 죽으면 죽었지."

델라우라는 소녀가 좋아하리라 믿고 성한 복사뼈의 가죽 끈을 풀어주려 했다.

"놔두세요, 나 좀 건드리지 마세요."

신부는 귀담아듣지 않았다. 그러자 소녀가 얼굴에 가래침을 탁

뱉었다. 델라우라는 끄떡도 하지 않고 다른 뺨을 내밀었다. 시에르바 마리아는 계속 침을 뱉었다. 신부는 내부에서 모락모락 피어오르는 금지된 쾌락에 취해 다시 뺨을 바꾸었다. 신부가 눈을 감고 영혼을 다해 기도하는 동안 소녀는 계속 침을 뱉었다. 그가 즐기면 즐길수록 더 사납게 침을 뱉다가 마침내 자신의 광기가 소용없다는 것을 깨달았다. 그때 델라우라는 정말로 악마에 씐 여인의 섬뜩한 모습을 목격했다. 시에르바 마리아의 머리카락이 마치 메두사의 뱀처럼 곤두서고, 입에서 초록색 침이 흘러내리고, 우상 숭배자들의 언어로 쉼 없이 욕설이 튀어나왔다. 델라우라는 십자가를 휘두르며 소녀의 얼굴에 들이대고 공포에 질려 소리쳤다.

"지옥의 악귀야, 어떤 놈인지 당장 그 몸에서 나오너라."

델라우라가 고함을 지르자 가죽 끈 걸쇠를 부수기 일보 직전에 있던 소녀도 소리를 질러 댔다. 간수 수녀가 기겁을 하며 달려와 소녀를 제지하려 했다. 하지만 마르티나만이 하늘이 내린 수완을 발휘해 소녀를 제지할 수 있었다. 델라우라는 도망을 쳤다.

주교는 저녁 식사 때 델라우라가 책을 읽어 주러 오지 않아 걱정이 되었다. 델라우라가 혼자만 두둥실 구름을 타고 현세와 내세의 모든 일을 다 뒷전으로 한 채, 악마 때문에 미쳔해진 시에르바 마리아의 끔찍한 모습만 떠올리고 있다는 것을 깨닫게 되었다. 델라우라는 도서관으로 도망쳤지만 책이 읽히지 않았다. 광신적으로 기도하고, 티오르바의 노래를 부르고, 오장육부를 사르는 뜨거운 눈물을 흘렸다. 시에르바 마리아의 손가방을 열고 그 안에 든 것을 하나씩 탁자 위에 올려놓았다. 델라우라는 내용물을 살펴보고, 육욕에 굶주려 냄새를 맡고, 사랑을 나누고, 음탕한 육보격 시로 대화를 나누다가 어찌할 수 없는 지경에 이르렀다. 그러자 상의를 홀딱 벗고, 결코 한번도 건드려 보지 않았던 체벌용 쇠몽둥이를 책상 서랍에서 꺼냈다. 그러고는 끝없는 증오심에 사로잡혀 스스로를 매질하기 시작했다. 시에르바 마리아의 마지막 흔적을 오장육부에서 뿌리 뽑을 때까지 결코 매질을 중단하지 않을 만큼의 증오심이었다. 델라우라를 계속 염려하던 주교는 피와 눈물로 뒤범벅된 웅덩이에서 나뒹굴고 있는 그를 발견했다.

"소녀는 악마입니다, 주교님."

델라우라가 말했다.

"악마 중에서도 가장 무서운 악마예요."

5

 주교는 자신의 집무실에서 델라우라의 소명을 들었다. 고해성사를 받는 것이 아니라 사법적인 업무를 관장한다는 인식하에 델라우라의 적나라하고 상세한 고백을 냉정하게 들었다. 주교가 유일하게 보인 약한 면은 그의 진정한 과오를 비밀에 붙였다는 점이다. 주교는 아무런 공개적인 설명 없이 그의 지위와 특권을 박탈하고 하느님의 사랑 병원으로 보내 문둥병자 간호사로 일하게 했다. 델라우라는 문둥병자들을 위한 5시 미사를 집전하는 일을 위안거리로 삼을 수 있게 해 달라고 애원했고, 주교는 이를 허락했다. 델라우라는 가슴속까지 후련해진 느낌으로 무릎을 꿇고 주교와 함께 주기도문을 외웠다. 주교가 그에게 축복을 내리고 부축해 일으켰다.
 "하느님께서 그대를 가엾이 여기시기를."
 주교가 말했다. 그러고는 자신의 마음속에서 델라우라를 지워 버렸다.
 델라우라가 문둥병자를 돌보기 시작한 뒤에 교구 고위 사제들이 그를 위해 간했지만 주교는 요지부동이었다. 주교는 엑소시스트들이 종국에는 자신이 퇴치하고자 하는 바로 그 악마들에게 홀린다는 이론은 배제했다. 델라우라가 그리스도의 절대적인 권능으로 악마들과 싸우지 않고 그들과 믿음의 문제를 토론하는 불경을 저질렀다는 것이 주교의 최종적인 논지였다. 주교가 말하기를, 바로 그 점이 델라우라의 영혼을 시험에 들게 하고 이단에 가까이 가게 하였다는 것이다. 그러나 고작 초록색 초를 들고 속죄*하면 족할 잘못 때문에 주교가 측근 중의 측근에게 그토록 엄할 수 있다는 것이 더 사람들을 놀라게 했다.

마르티나가 귀감이 될 만큼 헌신적으로 시에르바 마리아를 맡았다. 그녀 역시 사면을 거부당해 슬픔에 잠겨 있었다. 하지만 소녀는 어느 날 오후 테라스에서 수를 놓다가 고개를 들었을 때 눈물로 뒤범벅된 그녀를 보기 전까지는 그 사실을 깨닫지 못하고 있었다. 마르티나는 절망감을 토로했다.

"이렇게 갇혀서 계속 죽어 가느니 차라리 죽고 싶어."

그녀의 유일한 희망은 시에르바 마리아와 악마들의 접촉이라고 말했다. 그들이 누구고 어떠하고, 어떻게 그들과 거래하는지 알고 싶어 했다. 소녀는 악마 여섯을 나열했고, 마르티나는 그중 하나를 언젠가 자신의 부모님 집을 괴롭히던 아프리카 악마와 동일시했다. 새로운 희망이 마르티나에게 생기를 불어넣었다.

"그와 이야기하고 싶어."

---

* 종교 재판이 명하는 속죄 의식 중 목에 밧줄을 걸고 손에 초록색 초를 들고서 거리를 걷는 벌이 있다.

그리고 자신의 뜻을 정확히 밝혔다.
"내 영혼을 주는 대신에."
시에르바 마리아는 짓궂은 장난을 치며 이 상황을 즐겼다.
"그 악마는 말은 하지 않아요. 누구든 그의 얼굴을 쳐다보면 이미 말하고자 하는 것을 알거든요."
소녀는 악마가 다음에 찾아올 때 만나 볼 수 있도록 알려 주겠다고 진지하게 약속했다.
그 무렵 델라우라는 겸허한 마음으로 병원의 굴욕적인 환경을 감수하고 있었다. 법적으로는 사망한 상태인 문둥병자들은 땅을 평평하게 고르고 세운 야자수 움막의 맨바닥에서 잠을 잤다. 많은 환자들이 사력을 다해 기어 다녔다. 전체 진료가 있는 화요일은 힘에 부쳤다. 델라우라는 가장 거동이 힘든 육신들을 축사 물통에서 씻는 속죄 의식을 자청했다. 첫 고행의 화요일, 신부의 품위가 간호사의 조잡한 복장으로 말이 아니었을 때, 아브레눈시우가 후작이 선물한 밤색 말을 타고 나타났다.
"그 눈은 어떻습니까?"
델라우라는 의사에게 자신의 불행에 대해 이야기하거나 자신이 처한 상황에 가슴 아파할 빌미를 주지 않았다. 일식의 잔상을 망막에서 효과적으로 지워 준 안약에 대해 감사했을 뿐이다.
"전혀 감사할 필요 없어요. 햇빛에 눈이 상한 경우 우리 의사들이 알고 있는 가장 좋은 약을 주었을 뿐입니다. 빗물이었어요."
의사는 집으로 방문해 달라고 초청했다. 델라우라는 허락 없이는 바깥에 나가지 못한다고 설명했다. 아브레눈시우는 대수롭지 않게 여겼다.

"당신이 이 땅의 약점들을 알고 있다면, 법이 사흘 이상 지켜지지 않는다는 것도 알 거 아니오."

의사는 신부에게 벌을 받는 동안 계속 연구를 할 수 있도록 자기 도서관을 이용하라고 했다. 델라우라는 솔깃해서 들었지만 어떠한 희망도 품지 않았다.

"고민할 시간을 드리죠."

아브레눈시우가 말에 박차를 가하면서 이야기를 마쳤다.

"어떠한 신이라도 당신처럼 재주 있는 이를 나병 환자나 주무르면서 허송세월하게 할 리 없소."

그다음 화요일 아브레눈시우는 신부에게 라틴어 『철학 서간』을 선물로 가져왔다. 델라우라는 책장을 넘겨 보고, 책을 펴서 냄새를 맡고, 책의 가치를 가늠했다. 그 책이 귀하게 보이면 보일수록 아브레눈시우를 더욱더 이해할 수 없었다.

"왜 이리 나에게 기쁨을 주시는지 알고 싶소."

"왜냐하면 무신론자는 사제 없이는 제대로 살 수 없거든요. 환자는 우리에게 육신은 맡겨도 영혼은 맡기지 않습니다. 그리고 우리 의사들은 악마처럼 그들의 영혼을 놓고 신과 다투죠."

"그 이야기는 당신의 신념에 반하는데요."

"나조차도 내 신념이 무엇인지 모른다오."

"종교 재판소는 알고 있습니다."

예상과는 달리 신부가 날린 그 다트가 아브레눈시우를 열광시켰다.

"집으로 오셔서 천천히 논쟁을 벌여 봅시다. 나는 밤잠을 두 시간 이상 자지 않소. 그것도 늘 토막 잠을 자죠. 그러니 언제라도 좋소."

아브레눈시우는 말에 박차를 가해 가 버렸다.

델라우라는 거대한 권력도 단번에 사라진다는 것을 금방 배우게 되었다. 전에는 주교에게서 받던 총애 때문에 그의 비위를 맞추던 바로 그 사람들이 이제는 그를 문둥병자 보듯 피했다. 속세의 예술과 문학을 같이하던 친구들은 종교 재판소와 조우하지 않으려고 몸을 사렸다. 하지만 델라우라는 상관없었다. 일편단심 시에르바 마리아뿐이었고, 그런데도 성이 차지 않았다. 대양이든 산이든, 지상의 법이든 하늘의 법이든 심지어 지옥의 힘이든 간에 두 사람을 떼어 놓을 수는 없으리라고 확신하고 있었다.

어느 날 밤 델라우라는 걷잡을 수 없는 감정에 사로잡혀 어떻게든 수녀원에 잠입하려고 병원을 도망쳤다. 수녀원에는 문이 네 개 있었다. 회전문이 있는 곳이 정문이었다. 바다에 면한 쪽에 같은 크기의 다른 문이 있고, 하인들이 사용하는 작은 문이 두 개 있었다. 회전문과 바다를 바라보는 문은 난공불락이었다. 해변에서 보니 시에르바 마리아의 방 창문을 쉽게 구별할 수 있었다. 이제는 폐쇄되지 않은 유일한 감방 창문이기 때문이었다. 그는 길거리에서 건물을 샅샅이 살피며 발을 디딜 틈이 조금이라도 있는지 찾았지만 허사였다.

막 포기하려던 참에 케사티오 아 디위니스가 선포된 동안 주민들이 수녀원에 물자를 대는 데 사용하던 굴이 생각났다. 병영용 굴이든 수녀원의 굴이든 그 시절에는 아주 일반적이었다. 사람들에게 알려진 굴만 해도 도시 내에 적어도 여섯 개가 있었고, 세월이 흐르면서 그 밖의 다른 굴들도 허구에서나 있음 직한 환상적인 촛대들과 함께 발견되었다. 무덤 파는 인부였던 문둥병자 하나가 델라우라가 찾는 굴을 알려 주었다. 지금은 쓰지 않는 하수구로 수녀원과 그 옆 저택 사이를 연결하고 있었다. 지난 세기에 그 저택에는 산타클라라 수녀원 초기 수녀들의 묘지가 있었다. 델라우라는 감옥 건물 바로 아래로 나왔고, 넘기 불가능할 것 같은 높고 거친 담장을 마주했다. 그러나 그는 수없이 실패한 끝에 담장을 기어오르는 데 성공했으며, 기도의 힘으로 가능했다고 믿었다.

감옥 건물은 새벽에는 안식처나 다름없었다. 간수 수녀는 바깥에 서 자고 있으리라고 확신했기에, 문을 반쯤 열어 두고 코를 고는 마르티나에게만 신경을 썼다. 그때까지만 해도 모험의 긴박감이 그를 긴장시켰다. 그러나 문고리에 자물쇠가 채워지지 않은 감방 앞에 서자 가슴이 벅차 터질 듯했다. 손가락 끝으로 문을 밀었다. 경첩이 끼익 소리를 내는 동안 숨이 멎을 것만 같았다. 잠들어 있는 시에르바 마리아가 성체 등불에 비쳤다. 소녀가 눈을 번쩍 떴다. 하지만 문둥병자 간호사의 아마포 가운을 입은 그를 알아보는 데는 시간이 걸렸다. 델라우라가 피투성이 손톱을 보여 주며 속삭였다.

"담을 넘었단다."

시에르바 마리아는 감동하지 않았다.

"왜요?"

"너를 보려고."

델라우라는 손이 떨리고 목소리가 갈라져서 무슨 말을 더 해야 할지 몰랐다.

"가세요."

그는 목소리가 갈라질까 봐 두려워 여러 차례 고개만 저었다.

"가세요."

소녀가 되풀이하여 말했다.

"아니면 소리를 지를 거예요."

그는 그때 소녀 곁에 너무도 바짝 붙어 있어서 처녀 냄새를 맡을 수 있었다.

"날 죽이려면 죽이라지. 가지 않을 거야."

그는 갑자기 공포의 또 다른 면을 느끼고는 결연한 목소리로 덧붙였다.

"그러니까 고함을 치고 싶으면 이제 시작하라고."

소녀는 입술을 깨물었다. 델라우라는 침대에 앉아 자신이 받은 벌에 대해 상세히 이야기해 주었다. 그러나 벌을 받은 이유는 말하지 않았다. 소녀는 그가 말할 수 있었던 것 이상을 알아차렸다. 소녀는 의심 없이 그를 바라보았고, 왜 눈에 안대를 하지 않았는지 물었다.

"이제 필요 없단다."

기운이 난 그가 말했다.

"지금은 눈을 감으면 황금물결 같은 머릿결이 보여."

신부는 두 시간 후에 갔다. 시장에서 자기가 좋아하는 단것만 가져다주면 다시 와도 좋다고 소녀가 말해서 행복했다. 그가 다음 날 밤에는 너무 일찍 오는 바람에 수녀원에 아직 인기척이 있었고, 시에르바 마리아도 마르티나의 자수를 끝내려고 아직 유등을 켜 놓은 상태였다. 셋째 밤에 델라우라는 불을 더 밝게 하려고 심지와 기름을 가지고 갔다. 토요일이던 넷째 밤에는 여러 시간 머물면서, 소녀가 갇혀 있는 동안 다시 늘어난 이를 잡는 것을 도와주었다. 머리카락이 깨끗해지고 빗질을 하자, 델라우라는 또다시 유혹을 느껴 식은땀이 흘렀다. 델라우라는 숨을 몰아쉬며 시에르바 마리아 옆에 누웠다. 한 뼘을 사이에 두고 소녀의 맑은 눈과 시선이 마주쳤다. 소녀가 맹랑하게 물었다.

사랑과 다른 악마들 157

"몇 살이세요?"

"3월에 서른여섯 살이 됐어."

소녀가 그를 뜯어보았다.

"이미 중늙은이네요."

소녀가 약간 조롱기 어린 말을 했다. 그리고 델라우라 이마에 난 주름살을 주시하더니 그 또래 소녀 특유의 무자비한 어조로 덧붙였다.

"쭈그렁바가지 중늙은이에요."

신부는 기분 좋게 받아들였다. 소녀는 어째서 이마에 흰 부분이 있는지 물었다.

"반점이야."

"면도하다 생겼군요."

"원래 있었어. 어머니에게도 있었지."

그때까지 델라우라는 계속 눈을 쳐다보고 있었는데 소녀는 움츠러드는 기색이 없었다. 그는 깊이 한숨을 쉬며 낭송했다.

"아! 달콤한 보물이여, 어찌하여 내 눈에 띄었단 말인고."

소녀는 무슨 말인지 몰랐다.

"내 고조할머니의 조부님 시야. 목가 세 편, 비가 두 편, 노래 다섯 편, 소네트 마흔 편을 쓰셨지. 대부분의 시는 별로 매력도 없는 포르투갈 여인 때문에 썼어. 결코 할아버님의 여인이 되지 못했지. 처음에는 할아버님이 기혼자여서 그랬고, 나중에는 그녀가 다른 남자와 결혼한 데다가 할아버님보다 먼저 죽었거든."

"할아버님도 사제셨어요?"

"군인이셨어."

시에르바 마리아는 왠지 가슴이 쩡해져서 시구를 다시 듣고 싶어졌다. 델라우라는 그 구절을 반복했다. 그리고 이번에는, 한창나이에 전투 중 돌에 맞아 죽어 간 진정한 기사요 사랑의 기사인 가르실라소 데 라 베가의 소네트 마흔 편을 마지막 수까지 강렬하면서도 유려한 목소리로 내처 낭송했다.

낭송이 끝났을 때 델라우라는 시에르바 마리아의 손을 잡아 자신의 가슴 위에 얹었다. 소녀는 신부의 가슴속에 몰아치는 폭풍우 소리를 감지했다.

"나는 항상 이래."

그리고 신부는 공포가 밀려들기 전에 자신의 삶을 짓누르던 혼탁한 감정을 털어놓았다. 한시라도 소녀를 생각하지 않는 때가 없고, 먹고 마시는 것마다 소녀의 체취를 느끼며, 신만이 그럴 권리와 권능이 있건만 언제 어느 곳에서든 그녀뿐이고, 최고의 즐거움이 있다면 소녀와 함께 죽는 것이라고 고백했다. 신부는 소녀를 외면한 채 시를 낭송할 때의 유창함과 열정으로 계속 말을 이어갔다. 그러다가 소녀가 잠들어 버린 것 아닌가 싶은 생각이 들었다. 그러나 소녀는 깨어 있었으며, 놀란 암사슴 눈을 하고서 그를 응시하고 있었다. 소녀는 겨우 물어보았다.

"그래서요?"

"아무것도 바라지 않아. 너만 알아주면 그뿐이야."

델라우라는 말을 이을 수 없었다. 조용히 울면서 소녀의 머리 아래로 팔을 디밀어 팔베개를 해 주었다. 소녀는 델라우라의 옆구리로 파고들어 몸을 웅크렸다. 새벽닭이 울기 시작해 신부가 5시 미사에 늦지 않도록 서두를 때까지 두 사람은 잠도 자지 않고 아무 말도 없이 그대로 그렇게 보냈다. 그가 가기 전에 시에르바 마리아가 아름다운 오두아 신 목걸이를 선물했다. 자개와 산호로 된 45센티미터짜리 목걸이였다.

공포가 조바심으로 바뀌었다. 델라우라는 시에르바 마리아를 만나러 병원을 도망치는 행복한 시각이 될 때까지 평온함을 잃고, 건성으로 일을 하고, 이리저리 왔다 갔다 했다. 그는 줄곧 내리는 비에 흠뻑 젖어 헐떡거리며 감방에 도착하곤 했다. 소녀는 신부가 오기를 학수고대해서 그가 미소 한 번 짓는 것만으로 기운이 났다. 어느 날 밤에는 하도 많이 들어서 외운 시를 그녀가 먼저 읊었다. "가던 길을 멈추고 나 자신을 돌아보고 당신이 나를 이끌고 온 발자국을 바라볼 때."라고 낭송하더니 짓궂게 물었다.

"그다음은 뭐죠?"

"내 목숨이 다하리. 나를 망치고 죽음에 이르게 할 이에게 온전히 나 자신을 바쳤으니."

소녀는 신부처럼 부드럽게 그 부분을 반복했다. 두 사람은 책이 끝날 때까지 이런 식으로 계속했다. 원작자라도 되는 것처럼 이 구절에서 저 구절로 뛰어넘고, 필요에 따라 소네트를 고치고 뭉뚱그리고 유희를 벌였다. 두 사람은 지쳐 잠이 들었다. 새벽닭이 아우성을 치던 5시에 간수 수녀가 아침을 들고 들어왔다. 두 사람은 놀라 잠에서 깨어났고 숨이 턱 막혔다. 간수 수녀는 아침을 탁자에 놓고, 등불을 비춰 늘 하던 검사를 했다. 그러나 델라우라가 침대에 있는 것을 보지 못하고 나갔다.

"루시퍼는 사악한 놈이야."

숨이 돌아왔을 때 델라우라가 빈정거렸다.

"나까지도 보이지 않게 만들어 버렸어."

시에르바 마리아는 그날 간수 수녀가 감방에 다시 들어오지 않도록 영악함을 십분 발휘해야 했다. 온종일 사랑놀이를 하며 보내다 밤이 이슥해졌을 때, 두 사람은 평생을 서로 사랑해 왔다고 느끼게 되었다. 델라우라는 반쯤은 장난으로, 반쯤은 진지하게 시에르바 마리아의 브래지어 끈을 푸는 대담함을 보였다. 소녀는 두 손으로 가슴을 가렸다. 눈에 분노의 섬광이 번뜩이고, 이마가 일순간에 발갛게 물들었다. 델라우라는 활활 타오르는 것을 만지기라도 하듯 엄지손가락과 집게손가락으로 소녀의 두 손을 잡고 가슴에서 떼어 냈다. 소녀는 반항하려 했지만 델라우라가 부드러우면서도 결연하게 힘을 주어 저지했다.

"나를 따라해 봐."

신부가 말했다.

"마침내 나는 당신의 손길에 이르렀습니다."

소녀는 따라했다.

"내가 최후를 맞으리라는 걸 알고 있는 그곳에."

델라우라가 낭송을 계속하면서 차디찬 손가락으로 브래지어를 헤쳤다. 소녀는 겁에 질려 벌벌 떨면서 그 구절을 거의 들릴 듯 말 듯 따라했다.

"칼이 항복한 자를 얼마나 깊이 찌르는지 오직 나에게만 시험하도록."

그때 델라우라가 처음으로 소녀의 입술에 키스를 했다. 시에르바 마리아의 육체가 신음 소리와 함께 부르르 떨리더니 희미한 바닷바람을 일으켰다. 그리고 자신의 몸을 내맡겼다. 그의 손끝이 소녀의 피부를 스치듯 거닐었고, 처음으로 타인의 육체에서 자기 자신을 느끼는 경이로운 순간을 보냈다. 델라우라의 내면의 목소리가 그가 악마와 너무나 소원하게 지내 왔음을 일깨워 주었다. 그가 라틴어와 그리스어를 지껄이던 불면의 밤과 신앙의 무아지경과 순결의 황무지에 머무르는 동안, 소녀는 노예들의 움막에서 온갖 자유분방한 사랑의 힘과 함께했던 것이다. 델라우라는 어둠 속을 더듬거리면서 소녀가 이끄는 대로 자신을 내맡겼다. 그러나 마지막 순간에 후회가 되어 윤리적 모멸감에 사로잡혔다. 그는 눈을 감은 채 얼굴을 천장으로 향하고 누워 있었다. 시에르바 마리아는 그의 침묵과 죽은 듯이 굳어 버린 모습에 놀라 한 손가락으로 그를 건드려 보았다.

"왜 그래요?"

"지금은 나 좀 놔둬."

그가 속삭였다.

"기도 중이야."

다음 며칠간 두 사람은 오직 함께 있을 때만 평온함을 느꼈다. 싫증도 내지 않고 내내 사랑의 고통에 대해서 이야기했다. 지칠 때까지 키스를 나누고, 눈물을 뚝뚝 흘리며 연인들의 시구를 낭송하고, 서로의 귀에다 노래를 속삭여 주고, 기운이 다할 때까지 욕망의 늪에서 허우적거렸다. 그렇게 탈진 상태에 이르렀지만 둘 다 여전히 순결을 지켰다. 왜냐하면 델라우라는 종부 성사를 받을 때까지 수도 서원을 지키리라 결정했고, 소녀도 그 결정에 동의했던 것이다.

욕정이 가라앉을 때면 둘은 서로를 지나친 시험에 들게 했다. 그는 소녀를 위해 무슨 일이든 할 수 있다고 말했다. 시에르바 마리아는 어린애다운 잔인함으로 자신을 위해 바퀴벌레를 먹으라고 요구했다. 그는 소녀가 저지하기 전에 바퀴벌레를 잡아 산 채로 먹었다.

미치광이 짓 같은 다른 시험에서 그가 시에르바 마리아에게 자신을 위해 머리카락을 자를 수 있는지 묻자, 소녀는 그럴 수 있다고 대답했다. 그러나 소녀는 농담인지 진담인지, 그러려면 자신과 결혼하여 신에게 드린 맹세를 이행해야 한다고 경고했다. 그는 부엌칼을 감방으로 가져가 말했다.

"어디 정말인지 보자."

소녀는 그가 머리카락을 송두리째 자를 수 있도록 등을 돌렸다. "어디 해 봐요." 하고 소녀가 부추겼다. 그는 진짜 그러지는 못했다. 며칠 후 소녀는 그의 목을 새끼 산양 목 자르듯 해도 되겠냐고 물었다. 그는 꿋꿋이 그렇다고 대답했다. 소녀는 칼을 꺼내 검증할 채비를 했다. 그는 머리끝이 곤두설 만큼 겁이 나 펄쩍 뛰었다.

"안 돼, 안 돼."

소녀는 웃음을 주체하지 못하면서 이유를 알고 싶어 했다. 그가 진실을 말했다.

"너는 진짜 자를 거니까."

열정의 열락 속에서 두 사람은 통상적인 사랑의 따분함까지도 즐기기 시작했다. 마치 귀가하는 남편처럼 델라우라가 자연스럽게 올 때를 대비해, 시에르바 마리아는 감방을 깨끗하게 정돈했다. 델라우라는 두 사람이 자유의 몸이 되어 결혼하게 될 행복한 날을 고대하며 소녀에게 읽고 쓰는 것을 가르치고, 시를 숭배하고 성령에 귀의하도록 이끌었다.

4월 27일 동이 틀 무렵, 시에르바 마리아는 델라우라가 감방을 떠난 후 잠을 자기 시작했다. 그때 사람들이 엑소시즘을 실시하려고 예고도 없이 소녀를 데리러 왔다. 그것은 사형수가 치르는 의식이었다. 소녀를 질질 끌고 축사로 데려가 양동이 물을 끼얹어 목욕시키고는 목걸이를 확 벗겨 내고 이단자에게 입히는 무지막지한 웃옷을 입혔다. 정원사 수녀가 전지가위를 네 번 놀려 소녀의 머리카락을 목덜미 부근까지 잘라 뜰에 피워 놓은 모닥불에 던졌다. 미용사 수녀는 산타클라라회 수녀들의 베일 속 머리 모양과 같도록 시에르바 마리아의 남은 머리카락을 1센티미터 남짓한 길이로 다듬으면서, 머리카락을 자르는 족족 불에 던져 버렸다. 시에르바 마리아는 황금빛 불길을 보고, 생나무가 탁탁 튀는 소리를 듣고, 불타는 머리카락의 매캐한 냄새를 맡았다. 소녀의 얼굴이 돌덩이처럼 굳었다. 마지막으로 소녀에게 정신병자용 구속복을 입히고 장례용 천을 덮었다. 그리고 노예 두 명이 군대용 들것에 소녀를 싣고 예배당으로 실어 갔다.

　주교는 저명한 사제들로 구성된 성직자 회의를 소집했었다. 소집된 사제들은 시에르바 마리아에게 엑소시즘을 거행할 때 입회할 네 사람을 자기들 중에서 선정했다. 주교는 피폐한 건강을 무릅쓰고 최종 결정을 내렸다. 다른 기억할 만한 사건들과는 달리 엑소시즘 의식을 대성당이 아닌 산타클라라 수녀원 예배당에서 거행하게 했고, 직접 엑소시즘을 주관했다.

　산타클라라회 수녀들은 수녀원장을 필두로 새벽 기도 시간 이전부터 성가대석에 자리를 잡고 밝아 오는 날의 거룩함에 감동하여 파이프 오르간 반주에 맞춰 새벽 기도 찬송가를 불렀다. 곧 성직자 회의의 고위 사제들과 세 교파의 수장과 종교 재판소 주요 인사들이 들어왔다. 종교 재판소 인사들 외에 민간인은 단 한 사람도 없었고, 있을 수도 없었다.

주교는 중요한 의식 때 사용하는 화려한 의복을 입고, 노예 네 명이 짊어진 가마를 타고, 이루 말할 수 없는 슬픈 기색으로 맨 마지막에 들어왔다. 성대한 장례식을 치를 때 사용하는 대리석 영구대 옆에 주 제단이 있었고, 주교는 몸을 쉽게 움직일 수 있도록 그 앞에 놓인 회전의자에 앉았다. 6시 정각, 구속복을 입은 채 아직도 검붉은 천을 쓰고 있는 시에르바 마리아를 두 노예가 들것에 싣고 데려왔다.

미사 노래가 울려 퍼지는 동안 견딜 수 없이 더워졌다. 파이프 오르간의 베이스 음이 격자 천장에 울려 퍼져 살창 뒤편 성가대석에 은둔해 있는 수녀들의 무미건조한 목소리가 들릴 틈을 주지 않았다. 시에르바 마리아를 실은 들것을 들고 왔던 반나체의 두 남자 노예는 그녀를 지키며 옆에 머물러 있었다. 미사가 끝나자 그들은 소녀를 덮은 천을 벗겨 내고는, 그녀가 사망한 공주라도 되는 양 대리석 영구대 위에 눕혔다. 그리고 주교를 시에르바 마리아 옆 안락의자에 앉혀 주고 주 제단 앞의 드넓은 공간에 두 사람만 남겨 두었다.

기적의 서곡과도 같은 견딜 수 없는 긴장과 완전한 침묵이 이어졌다. 복사가 주교의 손길이 닿는 곳에 성수 병을 놓았다. 주교는 성수 솔을 전투용 망치처럼 움켜쥐고 상체를 시에르바 마리아 위로 기울여 중얼중얼 기도를 하면서 소녀의 온몸에 성수를 흩뿌렸다. 갑자기 주교가 예배당 주춧돌까지도 벌벌 떨게 만든 주문을 외웠다.

"어떤 악귀인지 몰라도, 세상 만물의 주인이신 우리 주 그리스도가 명하노니, 세례로 구원을 얻은 이 육체를 떠나 암흑으로 돌아가거라."

공포에 질려 이성을 잃은 소녀 역시 소리를 질렀다. 주교가 시에르바 마리아를 침묵시키려고 목소리를 높였지만 소녀는 더 악을 썼다. 주교는 숨을 깊이 들이마시고는 주문을 계속 외우려고 다시 입을 열었다. 그러나 들이마신 공기가 사달을 일으켜 숨을 내쉴 수가 없었다. 주교는 앞으로 엎어져 뭍에 올라온 물고기처럼 입만 뻐끔뻐끔했다. 엑소시즘 의식은 난리 법석 속에 막을 내렸다.

델라우라는 그날 저녁 구속복을 입은 채로 신열에 떨고 있는 시에르바 마리아를 발견했다. 그를 가장 성나게 한 일은 소녀가 머리카락을 깎이는 치욕을 겪었다는 점이었다. 주체할 수 없이 격분한 그는 가죽 끈을 풀어주면서 "하느님, 어찌하여 이런 죄악을 허용하시나이까." 하고 중얼거렸다. 소녀는 자유의 몸이 되자마자 그의 목에 매달렸다. 소녀가 눈물을 흘리는 동안 두 사람은 말없이 껴안고만 있었다. 그는 소녀가 서러움을 토하게 내버려두었다. 이윽고 소녀의 얼굴을 들어 올리고 말했다.

"그만 울어."

그러고는 그 말을 가르실라소와 연결시켰다.

"그대를 위해 내가 흘린 눈물만으로 충분하오."

시에르바 마리아는 예배당에서의 끔찍한 경험을 이야기해 주었다. 전쟁의 포성을 방불케 하던 성가대의 굉음, 주교의 신들린 고함 소리와 뜨거운 숨결, 격정으로 이글거리던 주교의 아름다운 초록색 눈을 언급했다.

"마치 악마 같았어요."

델라우라는 소녀를 달래려 했다. 주교의 육중한 몸집과 벽력같은 목소리와 군대식 일 처리에도 불구하고 그는 선량하고 현명한 사람이라고 단언했다. 그러니 시에르바 마리아가 느끼는 공포는 이해하지만 어떠한 위험에도 처하지 않을 것이라고 했다.

"딱 죽어 버리면 좋겠어요."

"분노와 무기력함이 느껴지겠지. 너에게 아무런 도움도 줄 수 없는 나처럼 말이야. 하지만 부활의 날이 오면 하느님이 보상해 주실 거야."

델라우라는 시에르바 마리아가 선물한 오두아 신 목걸이를 벗어, 목걸이를 다 빼앗긴 소녀에게 걸어 주었다. 둘은 침대에 나란히 누워 증오를 공유했다. 그러는 사이 날이 저물고 격자 천장에서 흰개미가 사각거리는 소리만 남았다. 소녀의 열은 내렸다. 델라우라가 어둠 속에서 말했다.

"묵시록에는 동이 트지 않을 날이 예고되어 있어. 주여, 오늘이 그날이기를."

델라우라가 가고 시에르바 마리아가 한 시간쯤 잤을까, 소녀는 또 다른 소리에 잠이 깼다. 소녀 앞에는 수녀원장을 대동한 늙은 사제가 있었다. 위압적인 키, 초석 덕분에 팽팽한 황갈색 피부, 곤두선 머리카락, 촌스러운 눈썹, 투박한 손, 신뢰감을 주는 눈을 지니고 있었다. 시에르바 마리아가 미처 잠이 다 깨기도 전에 사제가 요루바어로 말을 건넸다.

"네 목걸이들을 가지고 왔단다."

그가 주머니에서 목걸이를 꺼냈다. 수녀원의 재물 담당 수녀가 사제의 요구로 돌려준 대로였다. 시에르바 마리아의 목에 목걸이들을 걸어 주면서 그가 아프리카 언어들로 그것들을 하나하나 열거하고 정의하였다. 창고 신의 사랑과 피를 의미하는 붉고 흰 목걸이, 엘레구아 신의 삶과 죽음을 의미하는 붉고 검은 목걸이, 예마야 신의 일곱 개의 엷은 청색 물방울 염주 등이었다. 그는 요루바어에서 콩고어로, 콩고어에서 만딩고어로 유려하게 옮아갔고, 소녀는 그를 따라 상냥하고 유창하게 말했다. 사제가 마지막에 스페인어로 말한 것은, 시에르바 마리아가 그렇게 부드러울 수도 있다는 사실을 믿지 못하는 수녀원장을 배려해서였다.

그는 토마스 데 아키노 데 나르바에스 신부였다. 예전에 세비야 종교 재판소의 심문관이었고 현재는 노예 거주지의 교구 신부인데, 주교가 건강이 악화되어 자기 대신 엑소시즘을 행하라고 뽑았다. 냉혈한으로서의 그의 이력은 의심할 여지가 없었다. 이단자 열한 명과 유대인과 이슬람교도를 화톳불로 이끌었다. 그러나 그에 대한 신망은 수많은 영혼으로부터 안달루시아에서 가장 교활한 악마들을 쫓아내어 준 데 기인했다. 그의 취향과 매너는 세련되었으며 말투는 카나리아처럼 달콤했다. 이 땅에서 태어났으며, 그의 아버지는 왕의 소송 대리인으로 4분의 1은 혼혈이던 자신의 노예와 결혼하였다. 신부는 4대에 걸쳐 백인이었다는 혈통의 순수함이 입증된 후 지역 신학교에서 신학생 생활을 했다. 그에 대한 긍정적인 평가 덕분에 세비야에서 박사 과정을 마쳤고, 쉰 살까지 그곳에서 살면서 강론을 했다. 고향에 돌아와서는 가장 미천한 교구를 요청했다. 아프리카 종교와 언어에 매혹되어 노예처럼 노예들 사이에서 살았다. 시에르바 마리아와 의사소통을 하고 그녀에게 씐 악마들에 적절히 대처하는 데 그보다 더 나은 사람은 없어 보였다.

시에르바 마리아는 즉각 그를 구원의 대천사로 받아들였다. 소녀의 판단은 옳았다. 토마스 데 아키노 신부는 소녀가 보는 앞에서 수녀원 기록의 논거를 무너뜨리고, 그 기록 중 어떤 것도 결정적인 증거가 아니라는 사실을 수녀원장에게 입증했다. 아메리카의 악마와 유럽의 악마는 동일하지만 주문(呪文)이나 행동은 다르다는 것을 수녀원장에게 가르쳐 주었다. 또 악마에 씐 것을 인지하는 데 통상적으로 사용되는 4대 수칙을 설명하고, 악마가 얼마나 쉽게 그 수칙을 이용하여 반대로 생각하게 만들 수 있는지도 깨우쳐 주었다. 그는 시에르바 마리아의 뺨을 정겹게 꼬집으면서 작별을 고했다.

"편안히 자라. 나는 더 사악한 적과도 만난 적이 있어."

수녀원장은 너무나 기꺼이 산타클라라 수녀원의 그 유명한 향기로운 초콜릿 차와 함께 아니스 과자 및 선택된 사람만 맛볼 수 있는 수녀원 별미 다과를 대접했다. 수녀원장 전용 식당에서 초콜릿 차를 마시며 그는 다음 단계 지침을 주었다. 수녀원장은 기꺼이 그 지침을 존중했다.

"그 불쌍한 애가 잘되고 말고는 아무 관심 없습니다. 제가 하느님께 바라는 것은 그 애가 하루빨리 이 수녀원에서 나가는 거예요."

신부는 이 일이 며칠 안에, 아니 가능하면 몇 시간 안에 해결되도록 최선을 다하겠다고 약속했다. 두 사람 다 기분이 좋아 면회실에서 작별 인사를 나눌 때, 그 누구도 다시는 만나지 못하리라는 것을 예상하지 못했다.

진짜로 그렇게 되었다. 신도들에게 아키노 신부라고 불리는 그는 자신의 성당으로 걸어가고 있었다. 그는 오래전부터 기도를 거의 드리지 않고 대신 매일 향수에 젖어 지냈다. 신부는 온갖 잡상인들의 호객 소리에 시달리며 시장통에서 지체했다. 항구의 진흙탕 거리를 해가 기울면 지나려고 기다리고 있었던 것이다. 그는 단것 중에서 제일 싼 걸 사고, 빈자들의 복권을 한 장 구입하면서 만일 당첨되면 방치된 그의 성당을 보수하리라는 허황된 꿈에 사로잡혔다. 신부는 땅바닥에 깐 황마 돗자리 위에 늘어놓은 잡동사니 수공예품 앞에 기념비적인 우상처럼 앉아 있는 흑인 산파들과 30분간 대화를 즐겼다. 그리고 5시경에 겟세마니의 가동교를 건넜다. 그곳에는 광견병으로 죽었음을 고지하기 위해 토실토실하고 음산하게 생긴 개의 사체를 막 걸어 놓은 참이었다. 장미꽃 향기가 대기에서 나고 하늘은 이 세상에서 최고로 맑았다.

늪지대 바로 옆에 있는 흑인 동네는 몸서리가 쳐질 만큼 빈곤했다. 사람들은 야자수로 지붕을 엮은 흙집에서 가금류 및 돼지와 함께 살았고, 아이들은 길 웅덩이 물을 마셨다. 그러나 색채가 강렬하고 활기찬 목소리가 울려 퍼지는 더없이 유쾌한 동네였다. 특히 해 질 녘의 선선함을 만끽하려고 길 한가운데에 의자들을 꺼내어 놓을 때가 그랬다. 신부는 늪가에 있는 아이들에게 단것을 나누어주고, 세 개는 저녁 식사 후를 위해 남겨두었다.

성당은 얼기설기 엮은 오두막으로, 칙칙한 야자수 잎 지붕 용마루에 나무 막대기로 만든 십자가가 걸려 있었다. 성당 내부에는 긴 널빤지 의자들, 성인 한 분만 달랑 모셔 놓은 제단 하나, 일요일이면 신부가 아프리카 언어들로 강론을 하는 나무 설교대가 있었다. 사제관은 제단 뒤편으로 성당과 붙어 있었다. 사제관은 방이 하나뿐으로 신부는 그 방에서 에어 매트와 조잡한 의자 하나만 달랑 놓고 최소한의 삶을 살고 있었다. 안쪽에는 작은 돌투성이 뜰과 무심한 포도송이가 달린 포도 덩굴, 늪과 뜰을 나누는 가시 울타리가 있었다. 마실 수 있는 물이라곤 뜰 한구석에 있는 모르타르 수조의 물뿐이었다.

늙은 성당지기와 열네 살 먹은 고아 소녀는 개종한 만딩고인들이며, 성당과 집에서 시중을 들었다. 하지만 로사리오 기도 후에는 필요가 없었다. 문을 닫기 전에 신부는 물 한 컵과 함께 마지막 남은 단것 세 개를 먹어 치웠다. 그리고 늘 하던 대로 길에 앉아 있는 이웃들과 스페인어로 인사를 나누고 헤어졌다.

"안녕히들 주무시오. 모두에게 신의 축복이 있기를 바랍니다."

새벽 4시에 성당에서 한 블록 떨어진 곳에 사는 성당지기가 하루 중 유일한 미사를 알리는 첫 종을 울렸다. 신부가 늦는 것을 보고 5시가 되기 전에 그의 방으로 찾으러 갔다. 신부는 방에 없었다. 뜰에도 보이지 않았다. 신부가 가끔 아주 이른 아침부터 이웃집 뜰로 이야기를 나누러 가곤 했기에 성당 주변을 계속 찾았다. 그는 보이지 않았다. 성당에 나타난 몇 안 되는 신자들에게 신부를 찾지 못해 미사를 드릴 수 없다고 알려 주었다. 이미 태양이 뜨거워진 8시에 시중 드는 소녀가 물을 뜨러 수조 쪽으로 갔다. 그곳에 아키노 신부가 잠옷 바지를 입은 채 얼굴을 하늘로 향하고 둥둥 떠 있었다. 슬프고도 유감스러운 죽음이었으며, 결코 풀리지 않은 불가사의였다. 그리고 수녀원장은 수녀원에 대한 악마의 저주를 입증하는 결정적인 증거라고 선언했다.

그 소식은 천진난만한 희망을 품고서 아키노 신부를 기다리던 시에르바 마리아의 감방에는 전해지지 않았다. 그 신부가 누구인지 델라우라에게 설명할 길이 없었지만, 그가 호의를 베풀어 목걸이를 돌려주고 그녀를 구해 주겠다는 약속을 했다고 전했다. 그때까지만 해도 두 사람은 사랑만 있으면 행복할 수 있다고 생각했다. 그러나 아키노 신부에게 실망한 시에르바 마리아는 자유는 오직 그들의 손에 달려 있다는 것을 깨달았다. 어느 날 새벽, 몇 시간 동안 키스를 나

눈 뒤 시에르바 마리아는 델라우라에게 가지 말라고 애원했다. 그는 그 이야기를 가볍게 듣고 한 번 더 키스를 해 주고는 작별 인사를 했다. 소녀가 침대에서 뛰어내리더니 문 앞에 서서 양팔을 벌렸다.

"가지 말든지 아니면 나도 데리고 가든지요."

소녀는 언젠가 델라우라에게 산바실리오 데 팔렌케로 함께 도망쳤으면 하고 말한 적이 있었다. 12레구아 떨어진 도망친 노예들의 마을로, 그곳에 가면 시에르바 마리아는 아마 여왕처럼 환영 받을 것이었다. 델라우라는 아주 좋은 생각이라고 여겼지만 그것을 탈옥과 결부시키지는 않았다. 그는 차라리 법적인 절차를 신뢰했다. 후작이 자기 딸이 악마에 씐 것이 아니라는 명백한 증거를 들이대 시에르바 마리아를 되찾고, 그 자신은 주교의 용서와 허락을 얻어, 사제나 수녀의 결혼이 너무나 빈번해서 이야깃거리도 아닌 세상으로 환속할 수 있으리라고 믿었다. 그래서 시에르바 마리아가 같이 남든지 자신을 데리고 가든지 선택하라고 했을 때, 델라우라는 또다시 소녀의 마음을 달래려 했다. 소녀는 그의 목에 매달려 소리를 지르겠다고 위협했다. 날이 밝아 오고 있었다. 놀란 델라우라는 소녀를 밀어젖히고 몸을 빼내는 데 성공하였다. 그리고 새벽 기도가 시작되는 순간에 도망을 쳤다.

시에르바 마리아의 반응은 격했다. 아주 사소한 일로 간수 수녀의 얼굴을 할퀴고는 빗장을 걸어 잠그고 들어앉았다. 그리고 자신을 놓아주지 않으면 감방에 불을 놓아 그 안에서 타 죽을 거라고 위협했다. 피가 흐르는 얼굴 때문에 이성을 잃은 간수 수녀가 외쳤다.

"어디 마음대로 해 봐, 바알세불 같은 것아."

시에르바 마리아는 대답 대신 성체 등으로 매트리스에 불을 붙였다. 마르티나가 개입하여 특유의 달래기 기술로 비극을 막았다. 어쨌든 간수 수녀는 그날의 보고서에서 소녀를 봉쇄 건물에 있는 경비가 더 튼튼한 방으로 옮겨 달라고 요청했다.

시에르바 마리아의 조바심이 탈옥 외의 즉각적인 해법을 찾으려는 델라우라의 조바심을 재촉했다. 신부는 후작을 만나려고 두 번 시도했지만, 주인 없는 집을 마음대로 휘젓고 다니는 사냥개들 때문에 두 번 다 뜻을 이루지 못했다. 사실 후작은 다시는 그 집에 살지 못할 신세가 되어 버렸다. 후작은 끝없는 두려움에 굴복하여 둘세 올리비아의 품에 안기고자 했지만 그녀가 허락지 않았다. 고독이 밀려들기 시작했을 때부터 온갖 방법을 동원하여 그녀를 불러보았지만 종이 새에 적힌 빈정대는 답신만 받았을 뿐이다. 그러다가 부르지도 않았는데 그녀가 별안간 예고도 없이 나타났다. 그녀는 방치되어 이제는 못 쓰게 된 부엌을 쓸고 손을 보았다. 경쾌한 불 위에 올려놓은 냄비가 화로에서 부글부글 끓었다. 주름 레이스 치마를 덧댄 주일 나들이옷을 입었고 최신 화장품과 향유로 몸단장도 했다. 미친 여자 티가 나는 유일한 것이라고는 허접한 천 조각으로 만든 물고기와 새를 매단 챙 넓은 모자뿐이었다.

"와 주어서 고맙소. 너무 외로웠소."

그가 한탄조로 말을 맺었다.

"시에르바 마리아를 잃었소."

"당신 잘못이에요."

그녀가 담담하게 말했다.

"당신은 아이를 잃을 만한 짓만 했으니까요."

저녁 식사는 고기 세 조각과 텃밭에서 가려 뽑은 채소를 곁들인 크리오요식 아히아코였다. 둘세 올리비아는 자신의 복장에 걸맞게 마치 안주인처럼 아히아코를 대령했다. 사나운 사냥개들이 헐떡거리면서 그녀를 쫓아다니며 다리에 엉겨 붙었다. 그녀는 연인을 대하듯 달콤하게 속삭여 개들을 얌전하게 만들었다. 그녀가 후작을 마주하고 식탁에 앉았다. 젊었을 때, 그리고 사랑을 두려워하지 않던 시절에 가능했을 수도 있었을 일이었다. 오랜 부부처럼 무관심한 태도로 폭포수 같은 땀을 흘리며 수프를 먹으면서 두 사람은 서로 쳐다보지 않고 말없이 식사를 했다. 둘세 올리비아는 첫 번째 요리를 먹고 난 후 숨을 돌리더니 지나간 세월을 의식했다.

"우리는 이랬어야 했어요."

후작은 그녀의 신랄한 태도에 전염되었다. 그녀는 늙고 뚱뚱하며 이가 두 개 빠지고 눈이 흐려 보였다. 만일 그가 부친을 거역할 용기가 있었다면 아마 두 사람 다 이랬을 것이다.

"지금은 제정신인 것 같구려."

"늘 제정신이었죠. 내 모습을 결코 있는 그대로 보지 못한 사람은 당신이었어요."

"나는 그대를 미친 여자들 사이에서 가려냈소. 모두가 젊고 아름다워서 제일 빼어난 사람을 가려내기 힘들었을 때."

"내가 당신 눈에 띄도록 한 거예요. 당신이 한 것이 아니라. 당신은 늘 지금처럼 가련한 악마였어요."

"내 집에서 나를 욕하다니."

임박한 말다툼이 둘세 올리비아를 흥분시켰다.

"당신 집이기도 하고 내 집이기도 해요. 비록 개 같은 년이 낳았어도 시에르바 마리아가 내 아이인 것처럼요."

그녀는 후작이 대답할 틈을 주지 않고 말을 맺었다.

"그리고 최악인 것은 당신이 아이를 맡겨 놓은 사악한 손이죠."

"하느님의 손이오."

그가 말했다. 둘세 올리비아가 지랄 발광하며 소리를 질렀다.

"주교의 아들 손에 맡긴 거예요. 아이를 갈보처럼 취급하고 애까지 배게 한 작자에게."

"당신은 혀를 깨물면 그 혀에 독살될 위인이야."

기가 찬 후작이 외쳤다.

"사군타는 말은 부풀려도 거짓말은 안 해요. 그리고 나를 모욕하지 말아요. 내가 당신 곁에 남은 건 단지 당신이 죽었을 때 얼굴에 분칠을 해 주기 위해서니까."

때는 9월 말이었다. 닭똥 같은 그녀의 눈물이 접시에 떨어지기 시작했다. 개들은 잠들어 있다가 싸움의 긴장감에 잠이 깨어 머리를 쳐들고 그르렁거렸다. 후작은 숨이 막히는 것을 느꼈다.

"보라고."

격분한 후작이 말했다.

"우리가 같이 살았으면 이런 식이었을 거야."

둘세 올리비아는 식사를 중단하고 일어서더니 천박하게 화를 내며 상을 치우고 접시와 냄비를 씻었다. 그리고 그릇을 다 씻을 때마다 개수통에다 부숴 버렸다. 후작은 그녀가 그릇 조각을 우박이 퍼붓듯 쓰레기통에 처넣을 때까지 울게 내버려두었다. 둘세 올리비아는 간다는 말도 없이 가 버렸다. 후작은 물론 그 누구도 둘세 올리비아가 도대체 언제 어느 때 죽어서 밤마다 집 안을 떠도는 유령이 되었는지 알지 못했다.

주교와 델라우라가 살라망카에서부터 연인이었다는 터무니없는 말이 예전부터 나돌았는데, 이제는 그가 주교의 아들이라는 낭설로 바뀐 것이다. 사군타가 악의적으로 왜곡하면서 확인해 준 둘세 올리비아의 말에 따르면 시에르바 마리아는 델라우라의 악마 같은 욕구를 충족시키려고 수녀원에 납치되었고, 머리가 둘 달린 아이를 배었다는 것이다. 사군타는 그들의 질퍽한 향연이 산타클라라회 수녀들을 다 더럽혔다고 말했다.

후작은 결코 회복되지 못했다. 기억의 수렁에서 허우적대며 두려움을 피할 은신처를 찾았다. 그렇지만 고독 때문에 베르나르다에 대한 기억만 또렷해질 뿐이었다. 베르나르다의 고약한 방귀, 거친 대꾸, 튀어나온 광대뼈 등등 그녀의 가장 증오스러운 것들을 떠올리며 베르나르다에 대한 기억을 몰아내려 했다. 그러나 그녀를 비하하려고 할수록 기억은 그녀를 미화하는 것이었다. 후작은 그리움에 지쳐서, 그녀가 집을 떠난 후에 머물고 있으리라 짐작되고 실제로 머물고 있었던 마아테스의 제당소에 마음을 떠보는 전갈을 보냈다. 두 사람 다 적어도 함께 죽을 사람이라도 있도록, 원한을 잊고 집으로 돌아오면 어떻겠느냐는 내용이었다. 대답이 없자 후작은 그녀를 찾으러 갔다.

그는 기억을 더듬어야 했다. 과거 부왕령 최고의 대농장이었던 곳에는 아무것도 남아 있지 않았다. 잡초 사이에서 길을 찾는 것조차 불가능했다. 제당소에는 갖가지 잔해와 녹슨 기계, 그리고 아직도 사탕수수 압착기에 묶인 최후의 황소 두 마리의 해골만 남아 있었다. 호리병박나무 아래 있는 한숨의 우물*만 유일하게 생기가 도

---

* 소원을 비는 우물을 일컫는 말.

는 것 같았다. 후작은 사탕수수를 다 태워 버린 바위투성이 대지에서 집을 발견하기도 전에 베르나르다 특유의 냄새가 된 비누 향을 맡고, 자신이 얼마나 그녀를 보고 싶어 하는지 깨달았다. 그녀는 현관 베란다에서 흔들의자에 앉아 멍하니 지평선을 바라보며 카카오를 먹고 있었다. 분홍색 무명 가운을 걸쳤고, 한숨의 우물에서 막 목욕을 한 뒤라 머리카락이 아직 젖어 있었다.

후작은 세 칸짜리 현관 계단을 오르기도 전에 인사를 했다. 베르나르다는 별 볼일 없는 이의 인사를 받듯 눈길도 주지 않고 답례했다. 후작은 베란다에 올라가 덤불 너머 지평선을 쭉 훑어보았다. 우물가의 호리병박나무들 외에는 눈길이 닿는 곳 모두 황량한 산뿐이었다. 후작이 물었다.

"사람들은?"

베르나르다는 또다시, 그녀의 아버지가 예전에 그랬듯이, 쳐다보지도 않고 대답했다.

"모두 가 버렸어요. 여기서 100레구아 이내에는 살아 있는 사람이 없어요."

후작은 앉을 만한 것을 찾으러 집으로 들어갔다. 집은 엉망진창이었고, 바닥 벽돌 사이로는 작고 검붉은 꽃이 핀 잡초가 돋아나고 있었다. 식당에는 흰개미들이 오래된 식탁과 의자들을 갉아 먹었고, 시계는 언제 어느 때인지도 모를 시각을 가리키며 멈춰 버렸고, 숨을 쉴 때마다 느껴지는 미세 먼지가 공기 중에 가득했다. 후작은 의자 하나를 가지고 가서 베르나르다 옆에 앉았다. 그리고 아주 낮은 목소리로 말했다.

"당신 때문에 왔소."

베르나르다의 표정은 변하지 않았지만 보일 듯 말 듯 고개를 끄덕였다. 후작은 고독한 저택, 칼을 들고 관목 뒤에서 웅크리고 있는 노예들, 끝없는 밤 등의 자기 상황에 대해 이야기해 주었다.

"그건 사는 게 아니오."

"한번도 사는 것처럼 살았던 적이 없었죠."

"사는 것처럼 살 수 있을지도 모르지 않소."

"내가 얼마나 당신을 증오하는지 알면 그런 말은 하지 않을 거예요."

"나 역시 당신을 증오한다고 늘 믿어 왔소. 그런데 지금은 확실치 않소."

그러자 베르나르다는 후작이 사태 파악을 제대로 하라고 속내를 털어놓았다. 어떻게 그녀의 아버지가 청어와 절임 식품을 핑계로 베르나르다를 보냈는지, 손금을 봐 주는 진부한 속임수로 어떻게 후작을 속였는지, 후작이 관심을 보이지 않자 어떻게 부녀가 모의를 해서 그녀가 그를 덮쳤는지, 후작을 평생 옭아매려고 어떻게 냉정하고 치밀한 계획을 세워 시에르바 마리아를 임신했는지 이야기해 주었다. 후작이 감사해야 할 유일한 일은 아버지와 모의한 마지막 행동을 거행할 만큼 자신이 담대하지 못했다는 점이라고 했다. 후작 때문에 속 썩을 일이 없도록 아편 액을 왕창 수프에 집어넣기로 해 놓고 그러지 못했던 것이다.

"내가 내 목에 올가미를 씌웠죠. 하지만 후회하지 않아요. 이 모든 일을 차치하고라도 그 불쌍한 칠삭둥이나 혹은 내 불행의 원인인 당신을 사랑하기를 기대하는 것은 무리였어요."

어쨌든 베르나르다의 몰락의 마지막 계단은 후다스 이스카리오테를 잃은 것이었다. 그녀는 다른 남성에게서 그를 찾아 제당소 노예들을 상대로 쉴 새 없이 간음을 했다. 처음 그 일을 감행하기 전만 해도 가장 혐오하던 일이었다. 그녀는 노예들을 떼거리로 차출해 바나나 농장 내 샛길에 줄을 쫙 세워 놓고 즐겼다. 그러다가 당밀과 초콜릿이 그녀의 매력에 금이 가게 만들어 몸이 불고 추하게 되었다. 그토록 많은 육체를 탐낼 만한 원기도 사라졌다. 그러자 그녀는 노예들에게 대가를 지불하기 시작했다. 처음에는 가장 젊은것들에게 용모와 성기 크기에 따라 도금된 동전닢을 주었다. 그러나 마지막에는 섹스만 가능하면 순금을 주었다. 노예들이 그녀의 끝없는 욕정에서 살아남으려고 산바실리오 데 팔렌케로 무리 지어 도망친다는 사실을 너무나 늦게 발견했다.

"그때 내가 그들을 낫으로 쳐 죽일 수도 있는 사람이라는 것을 알았죠."

그녀가 눈물 한 방울 흘리지 않고 말했다.

"그들뿐만 아니라 당신과 아이는 물론 싸구려 인간이었던 아버지를 비롯해 내 인생을 망친 이들 모두 다요. 하지만 나는 이미 쓸모없는 인간이라 아무도 죽이지 못했죠."

두 사람은 잠자코 바위투성이 대지의 일몰을 보았다. 멀리 지평선에서 동물들이 무리 지어 가는 소리가 들렸다. 처량한 여자 목소리가 깜깜해질 때까지 한 마리 한 마리 이름을 불렀다. 후작이 한숨을 쉬었다.

"당신에게 감사할 것이 하나도 없다는 사실을 알았소."

후작은 천천히 일어나 의자를 제자리에 가져다 놓고 작별 인사도 없이 컴컴한 길을 되짚어 갔다. 여름이 두 번 지나고 난 뒤 엉뚱한 길에서 발견된 후작의 유일한 흔적은 새들이 쪼아 먹고 남은 해골

사랑과 다른 악마들 179

뿐이었다.

그날 마르티나는 시에르바 마리아에게 수예를 가르쳤는데, 늦어진 작업을 마치느라 아침나절을 다 보냈다. 소녀의 감방에서 점심을 든 후에는 자신의 방으로 가 낮잠을 잤다. 오후에 수놓던 것을 마무리하면서 묘한 슬픔에 사로잡혀 소녀에게 말했다.

"언젠가 네가 먼저 이곳에서 나가게 되든 내가 먼저 나가게 되든 항상 나를 기억해 줘. 내게는 유일한 영광일 테니."

시에르바 마리아는 다음 날 마르티나가 밤사이 감방에서 사라졌다면서 간수 수녀가 고함을 치며 깨울 때까지 그 말이 무슨 뜻인지 이해하지 못했다. 수녀원을 샅샅이 뒤졌지만 마르티나의 흔적조차 발견하지 못했다. 그녀의 행방에 대한 유일한 단서는 시에르바 마리아가 베개 밑에서 발견한 종이쪽지였다. 장식체 대문자로 쓴 그 쪽지에는 "하루 세 번 기도하며 당신들의 행복을 빌겠습니다."라고 적혀 있었다.

시에르바 마리아가 예기치 않은 일에 아직 얼떨떨할 때, 수녀원장이 부수녀원장을 비롯해 보병대 장교들과 화승총으로 무장한 순찰대를 대동하고 들어왔다. 수녀원장은 분노의 손길로 시에르바 마리아를 툭 건드리면서 소리쳤다.

"너도 공범이니 벌을 받을 거야."

소녀가 묶이지 않은 손을 단호하게 올리는 바람에 수녀원장은 멈칫했다.

"그들이 나가는 것을 보았어요."

수녀원장은 어안이 벙벙했다.

"마르티나 혼자가 아니었다고?"

"여섯이었어요."

수녀원장은 그 말이 믿기지 않았다. 요새화된 뜰로밖에 통하지 않는 테라스로 도망쳤다는 말은 더구나 그랬다.

"박쥐 날개들을 달고 있었어요."

시에르바 마리아가 팔을 날개처럼 퍼덕이며 말했다.

"테라스에서 날개를 펼치더니 마르티나를 데리고 날고 또 날아 바다 반대편으로 사라졌어요."

순찰대 대장이 기겁을 하며 성호를 긋고 무릎을 꿇었다.

"동정녀 마리아."

대장이 기도했다.

"원죄 없이 잉태하신."

모두가 입을 모아 말했다.

마르티나가 비밀을 철저히 유지하면서 세세한 사안까지 계획한 완벽한 탈옥이었다. 델라우라가 수녀원에서 밤을 보낸다는 사실을 알게 되었을 때부터 계획한 탈옥이었다. 그녀가 미처 예견하지 못한 유일한 일, 아니 어쩌면 대수롭지 않게 생각한 일은 안에서 하수구 입구를 잠가야 아무런 의혹도 남기지 않을 거라는 점이었다. 탈옥 사건을 조사한 이들은 하수구가 열린 것을 발견하고 조사에 착수해 진실을 알아냈다. 그리고 즉시 하수구 양 끝을 막았다. 시에르바 마리아는 강제로 산송장들의 건물에 있는 자물쇠 달린 방으로 옮겨졌다. 델라우라는 그날 밤 휘황찬란한 달빛 속에서 하수구 덮개 벽을 무너뜨리려다 주먹이 으스러졌다.

델라우라는 실성한 사람처럼 후작을 만나러 뛰어갔다. 문도 두드리지 않고 왈칵 밀어젖히고는 인적 없는 집으로 들어갔다. 집 내부나 거리나 마찬가지 밝기였다. 달빛이 밝아 회벽이 투명해 보였기 때문이다. 집은 깨끗하고 가구도 잘 정돈되었고 화단에는 꽃이 피어 있었다. 버려진 집인데 모든 게 완벽했던 것이다. 문이 삐걱거리는 소리에 사냥개들이 소란을 피웠지만 둘세 올리비아가 위엄 있는 명령으로 대번에 소란을 잠재웠다. 델라우라는 뜰의 초록빛 어둠 속에서 아름답게 빛을 발하는 그녀를 보았다. 후작 부인의 가운을 입고, 강렬한 냄새를 풍기는 싱싱한 동백꽃으로 머리를 단장하고 있었다. 델라우라는 손을 들어 집게손가락과 엄지손가락으로 십자가를 만들었다.

"하느님의 이름으로 묻노니 그대는 누구시오?"

"원혼입니다. 그러는 그쪽은요?"

"카예타노 델라우라라고 합니다. 후작에게 제 이야기 좀 들어 주십사 무릎 꿇고 빌려고 왔습니다."

둘세 올리비아의 눈이 분노로 번득였다.

"후작님이 탕아 따위의 말을 들어야 할 이유가 없습니다."

"도대체 누구시기에 그런 말을 하시오?"

"나는 이 집의 여왕입니다."

"하느님의 사랑으로 제발 후작님에게 알려 주시오. 따님에 대해 이야기하러 왔다고요."

그러더니 델라우라는 가슴에 손을 얹고 단도직입적으로 이야기했다.

"후작님의 따님을 죽도록 사랑합니다."

"한마디만 더 지껄이면 개를 풀어놓겠소."

화가 난 둘세 올리비아가 말했다. 그러고는 문을 가리켰다.

"꺼지시지."

둘세 올리비아의 기세가 하도 등등하여 델라우라는 그녀에게서 눈을 떼지 못하고 뒷걸음쳐 집을 빠져나왔다.

화요일에 아브레눈시우가 병원 쪽방에 들어갔을 때 치명적인 불면증 때문에 폐인이 된 델라우라를 발견했다. 그는 벌을 받게 된 진짜 이유에서부터 감방에서의 사랑의 밤에 이르기까지 낱낱이 이야기했다. 아브레눈시우는 어이가 없었다.

"당신이 설마 이런 극단적인 광기까지 발휘할 줄은 꿈에도 생각 못 했소."

델라우라 역시 놀라 물어보았다.

"당신은 한번도 이런 감정을 느껴 보지 못했다는 거요?"

"한번도요. 성은 일종의 재능인데 내게는 그런 재능이 없소."

의사는 델라우라를 설득하려 했다. 사랑은 두 사람의 타인을 불행하고 건전하지 못한 예속 관계, 그것도 강렬한 사랑일수록 덧없는 예속 관계로 만들기 때문에 자연의 법칙에 반하는 감정이라고 말했다. 그러나 델라우라는 그 말이 귀에 들어오지 않았다. 그의 간절한 바람은 기독교 세계의 억압에서 되도록 멀리 도망치는 것이었다.

"오직 후작만이 합법적으로 우리를 도와줄 수 있습니다. 무릎을 꿇고서라도 그에게 애원하려 했는데 집에 없더군요."

"결코 그를 만나지 못할 거요. 당신이 소녀를 노리갯감으로 삼으려 했다는 말들이 후작 귀에 들어갔으니. 기독교인의 관점에서 볼 때 영 틀린 말이 아니군요."

아브레눈시우가 델라우라의 눈을 쳐다보았다.

"천벌이 두렵지 않소?"

"벌써 천벌을 받고 있어요. 하지만 성령이 내리신 벌은 아닙니다."
델라우라가 차분하게 말했다.
"성령은 신앙보다 사랑을 더 중요하게 여긴다고 늘 믿어 왔습니다."
아브레눈시우는 이성의 속박에서 이제 막 벗어난 그에 대한 경의를 감출 수 없었다. 그러나 그에게 헛된 희망을 주지는 않았다. 더구나 종교 재판소가 개입된 일에 그럴 수는 없었다.
"당신네들은 죽음의 종교를 믿죠. 죽음을 조장하고 기쁘게 맞아들이는 종교 말입니다."
"저는 아니에요. 살아 있는 것이 가장 중요한 일이라고 믿습니다."
델라우라는 수녀원으로 뛰어갔다. 벌건 대낮에 하인들 문으로 들어가서는, 기도의 힘으로 사람들 눈에 띄지 않으리라 확신하고 조심성 하나 없이 정원을 가로질렀다. 2층으로 올라가 천장이 아주 낮은 한적한 복도를 지났다. 수녀원의 두 부분을 잇는 복도였다. 그리고는 산송장들의 고요하고 기이한 세계로 들어갔다. 시에르바 마리아가 자신 때문에 눈물을 흘리고 있는, 소녀의 새로운 감방을 모르고 지나쳤다. 감옥 건물에 막 다다르려 할 때 등 뒤에서 고함 소리가 그를 제지했다.
"정지!"
델라우라는 몸을 돌렸다. 베일로 얼굴을 가리고 십자가를 자신에게 치켜든 수녀가 보였다. 델라우라가 앞으로 한 발짝 내디뎠지만 수녀가 그리스도를 들이대며 "물러가라." 하고 소리 질렀다.
델라우라의 등 뒤에서 "물러가라." 하는 다른 목소리가 들렸다. 똑같은 소리들이 연이어 들렸다. 델라우라는 제자리를 뱅뱅 돌았다.

베일로 얼굴을 가리고 각기 십자가를 들이대며 소리치는 유령 같은 수녀들에게 자신이 둘러싸였음을 알게 되었다.

"물러가라, 사탄아."

델라우라는 기력이 다했다. 그는 종교 재판에 회부되어 이단 혐의를 쓰고 광장에서 공개 재판을 받았다. 이로 인해 민심이 흉흉해지고 교회 내부에 논쟁이 야기되었다. 델라우라는 특별한 은혜를 입어 하느님의 사랑 병원에서 간호사로 형을 살았다. 그곳에서 자신의 환자들과 오랜 세월을 함께 보냈다. 그들과 식사를 같이하고, 바닥에서 함께 잠을 자고, 그들이 사용하는 축사 물통에서 그들이 사용한 물로도 몸을 씻었다. 그러나 문둥병에 걸리고 싶다는 그의 공개적인 갈망은 이루어지지 않았다.

시에르바 마리아는 덧없이 그를 기다렸다. 사흘째 되는 날에는 음식을 거부하고 길길이 날뛰었다. 악마에 씌었다는 의혹이 더욱 커졌다. 주교는 델라우라의 타락과 아키노 신부의 까닭 모를 죽음, 자신의 지혜와 권능을 벗어난 불행한 사태에 대한 입방아에 심기가 불편해졌다. 그래서 그의 건강과 나이를 아랑곳하지 않는 정열을 보이며 다시금 엑소시즘을 거행했다. 면도칼에 머리를 밀리고 구속복을 입은 시에르바 마리아가 이번에는 흉포한 사탄처럼 주교에 맞서 지옥의 언어인지 지옥 새의 울부짖음인지 모를 소리들을 내질러 댔다. 이틀째 되는 날 미쳐 날뛰는 가축의 포효가 들리더니 대지가 흔들렸다. 이제는 시에르바 마리아가 지옥의 모든 악마에게 씌었다고 생각할 수밖에 없게 되었다. 소녀를 감방으로 다시 데리고 가 성수로 관장을 했다. 오장육부에 남아 있을지도 모를 것들을 쫓아내는 프랑스식 처방이었다.

고문은 사흘간 더 계속되었다. 시에르바 마리아는 비록 일주일을 굶었지만 한쪽 다리를 빼내는 데 성공하자 주교의 하복부를 발뒤꿈치로 가격하여 나뒹굴게 했다. 사람들은 그때서야 소녀의 몸이 너무 말라 가죽 끈이 헐거워졌다는 사실을 깨달았다. 그 소동은 엑소시즘 의식을 멈추라는 충고였다. 성직자 회의는 그 일을 그렇게 평가했다. 그러나 주교가 반대했다.

시에르바 마리아는 델라우라가 어떻게 되었는지, 어째서 시장통의 탐스러운 다과 바구니를 들고 나타나 끝없는 희열의 밤을 같이 보내지 않는지 결코 알 수 없었다. 5월 29일, 소녀는 목숨이 다해서 눈 오는 평원이 있는 창문 꿈을 다시 꾸었다. 델라우라는 그곳에 없었다. 결코 다시 있지도 못할 것이었다. 소녀의 무릎에는 황금빛 포도송이가 놓여 있었고, 포도 알을 먹어 치워도 이내 다시 돋아났다. 그러자 소녀가 이번에는 포도 알을 한 알씩 뜯지 않고 두 알씩 뜯었다. 새로 포도 알이 돋아나기 전에 마지막 포도 알까지 기어이 먹어 치우려고 숨도 거의 쉬지 않았다. 여섯 번째 엑소시즘 의식 준비를 위해 들어온 간수 수녀는 눈동자가 찬란하게 빛나고 새로 살갗이 돋아난 상태로 침대에서 사랑의 열병을 앓다 죽어 간 소녀를 발견했다. 간수 수녀는 소녀의 빡빡 깎은 머리에서 머리카락이 물거품처럼 부글부글 돋아나 자라는 것을 목격했다.

작품 해설

가브리엘 가르시아 마르케스는 이제 한국에서도 특별히 소개가 필요 없는 콜롬비아 소설가다. 1967년 『백년의 고독』으로 일약 세계적인 소설가의 반열에 오른 이후 그의 작품은 문학적 유행에 도무지 영향을 받지 않다시피 했다. 천부적인 이야기꾼으로, 제3세계 문학의 대표 주자로, 라틴 아메리카 문학의 대명사처럼 소개되는 마술적 사실주의의 대표적인 작가로, 포스트모더니즘의 선구자로, 또 오늘날에는 탈식민주의 주요 작가로 꼽히는 것만 보아도 그의 작품들이 가진 생명력과 다양한 해석 가능성을 능히 짐작할 수 있다. 1982년 그가 노벨 문학상을 수상한 일은 결코 우연이 아니었던 것이다.

가르시아 마르케스는 『백년의 고독』에 대해 "고독의 반대말은 유대이다."라는 유명한 말을 남겼다. 고독을 극복하고 인간들끼리의 진정한 유대가 이루어지는 세상이 가르시아 마르케스가 바라는 세상인 것이다. 그러나 그의 작품들은 대개 고독한 세상, 고독한 인간을 그렸다. 적어도 『콜레라 시대의 사랑』(1989)에서는 다른 시도를 했다. 고독을 극복하고 타인을 진정으로 이해하고 사랑하고자 시도하는 주인공이 등장한 것이다. 또한 과거의 작품들이 고독의 근원을 주로 역사적·사회적 원인에서 찾았다면 『콜레라 시대의 사랑』은 개개인의 노력도 필요하다고 암시한다. 물론 『콜레라 시대의 사랑』에서 오랜 세월 축적된 고독을 깨뜨리고자 애달픈 사랑에 목을 매는 남자 주인공 플로렌티노의 모습은 차라리 처절했다. 하지만 그런 노력이라도 하는 인물은 예전의 가르시아 마르케스 작품에서는 거의 찾아볼 수 없었다.

『사랑과 다른 악마들』은 『콜레라 시대의 사랑』처럼 사랑을 통해 진정한 유대를 얻을 수 있는 가능성을 다시 한 번 처절하게 탐색한 소설이다. 아직 식민 지배가 끝나지 않았던 18세기 말 콜롬비아의 항구 도시 카르타헤나가 배경이며, 열두 살 소녀와 사제의 사랑이 중심 이야기다. 소녀가 수녀원에 감금되어 죽음에 이르기까지의 과정은 어처구니없다. 광견병에 대한 사람들의 무지와 두려움, 광견병을 악마에 쐰 증거로 간주하는 교조적인 가톨릭, 타자의 종교나 풍습, 언어 등을 전혀 용인하지 않는 식민 지배자들에 의해 마녀 사냥을 당하듯 죽어 갔기 때문이다. 소녀가 죽음에 이르기까지 따스하게 보살펴 주고, 소녀와 사랑에 빠지고, 그녀를 구하기 위해 몸부림친 이는 델라우라 신부밖에 없었다. 정절을 지켜야 하는 사제가 성인도 아닌 어린 소녀와 사랑에 빠진다는 이중의 금기 위반에도 불구하고 그 사랑이 안타깝게만 느껴지는 이유다.

시에르바 마리아가 엑소시즘 의식에 처해지는 황당한 사건을 이해하기 위해서는 스페인 식민 지배의 역사와 카르타헤나의 특수한 상황을 조금 알아 둘 필요가 있다. 카리브 해에 위치한 카르타헤나는 스페인의 남미 진출 초기인 1533년에 창건되어 이듬해에는 주교가 파견되었다. 그리고 1573년에는 이미 400가구에 달하는 스페인 사람들이 정착했다. 카르타헤나가 일찍부터 발전할 수 있었던 것은 항구를 건설하기에 적합한 천혜의 자연조건 때문이었다. 카르타헤나는 이내 교통의 요지가 되었고, 특히 스페인에서 선단이 올 때면 당시 세계 어디에 내놓아도 손색없을 만큼 커다란 장이 섰다. 부는 넘쳐나는데 상대적으로 원주민 노동력이 적다 보니 다른 카리브 지역과 마찬가지로 많은 흑인 노예들이 카르타헤나에 유입되었다. 또한 그 넘치는 부는 해적의 잦은 출몰을 불러일으켰다. 영국, 프랑스, 네덜란드 해적은 물론 심지어 스페인 해적까지 카리브 해를 무대로 암약했을 정도며, 카르타헤나는 식민 시대에 네 번이나 해적의 침입을 겪어야 했다. 특히 훗날 스페인 무적함대 격퇴의 주역인 드레이크는 1585년 무려 스무 척의 해적선을 이끌고 침입해 카르타헤나를 점령하기도 했다. 덕분에 카르타헤나는 남미에서 유일하게 도시 전체가 성곽에 둘러싸이게 되었다. 드레이크가 카리브 해의 여러 도시를 쑥대밭으로 만들자 스페인 왕실은 1588년부터 아바나, 산토도밍고, 산후안, 카르타헤나에 성을 쌓기 시작했던 것이다. 그러나 라틴 아메리카의 은 생산량이 줄어들고 스페인이 제해권을 점차 상실해 가면서 무역이 쇠퇴하자 카르타헤나도 쇠락하기 시작했다. 이에 따라 카르타헤나는 과거의 영화에 대한 자부심만 있을 뿐 시대의 변화를 따라가지 못하는 활기 없고 수구적인 도시가 되었다. 그 수구적인 분위기가 유지되는 데 일조한 것이 1811년까지 활동한 종교 재판소였다. 이 작품의 시대적 배경이 되는 18세기 말, 즉 서유럽에 계몽의 빛이 찬란하던 그 순간에도 카르타헤나는 중세의 그림자에서 벗어나지 못했던 것이다. 더구나 스페인 가톨릭은 15세기까지 이베리아 반도에서 아랍인들과의 성전을 수행하는 구심점이었고, 이후 강력한 중앙집권을 이룩하기 위한 이데올로기였으며, 또한 유럽에서의 정치적·종교적 패권을 유지하기 위해 반종교 개혁을 주도했을 정도로 대단히 보수적이고 체제 옹호적이었다. 그런 성향의 가톨릭이 카르타헤나인들의 과거 회귀적인 성향과 맞물려 시에르바 마리아를 종교 재판으로 몰고 간 셈이다.

가르시아 마르케스는 『사랑과 다른 악마들』에서 여전히 사회 비판적인 시각을 유지한다. 가톨릭과 식민 지배자들의 우월감, 이에 따라 문화의 차이가 차별로 이어진 데 대해 신랄하게 비난하거나 종교의 이름으로 거행되고 묵인되는 야만적인 행태를 비판하는 점 등이 그렇다. 또한 이 작품에서도 여전히 가르시아 마르케스 특유의 마술적 세계관을 맛볼 수 있다. 죽은 시에르바 마리아의 빡빡 깎은 머리에서 머리카락이 엄청나게 빠른 속도로 돋아났다는 결말이 그 좋은 예다.

그러나 이 작품의 참맛은 사제 신분으로 소녀에게 '추잡한' 연정을 품고서도 "성령은 신앙보다 사랑을 더 중요하게 여긴다."(184쪽)라고 당당히 말하는 델라우라의 태도나, 그를 만나지 못하게 되자 진짜로 악마에 씐 듯이, 사무치게 임을 그리는 소녀의 마음에 담겼다. 아마도 제목의 "악마들"은 타인을 진정으로 사랑할 수 없는 카살두에로 후작이나 베르나르다 혹은 주교나 수녀원장을 지칭하는 것일 테다. 소녀와 사제, 진정한 사랑으로 엮인 두 사람의 관계를 통해 가르시아 마르케스는 자신이 평생 그려 온 고독의 세계에서 탈피할 수 있으리라는 확신을 과연 얻게 되었을까?

제대로 하려면 쉬운 번역이 세상에 어디 있겠는가마는, 가르시아 마르케스의 작품을 번역하는 일은 특히 어렵다는 것을 절실하게 느꼈다. 과연 가르시아 마르케스 특유의 유머와 아이러니를 제대로 살리고, 또 당대 최고 이야기꾼이라는 평가를 받는 그의 입담을 우리말로 적절히 옮겼는지 의문이다. 게다가 그의 어휘 구사력 또한 놀랍다는 사실은 번역을 하면서 처음으로 깊이 깨닫게 된 점이다. 번역에 다소 미진한 점이 있더라도 독자들의 너그러운 이해를 구한다.

2008 여름

우석균

옮긴이 **우석균**

서울대학교 서어서문과를 졸업하고, 페루 가톨릭대학교와 스페인 마드리드콤플루텐세 대학교에서 각각 라틴아메리카 문학 석사학위와 박사학위를 취득했다. 박사논문 집필 중 칠레의 칠레 대학교와 아르헨티나의 부에노스아이레스 대학교에서도 수학했다. 현재 서울대학교 라틴아메리카연구소에 재직 중으로 출판과 국제 교류에 역점을 둔 활동을 하고 있으며, 대외적으로는 AALA문학포럼(아시아 · 아프리카 · 라틴아메리카문학포럼)의 라틴아메리카 문학 부문을 총괄하고 있다. 『쓰다 만 편지』, 『잉카 in 안데스』, 『바람의 노래 혁명의 노래』를 썼으며, 호르헤 루이스 보르헤스의 『작가』, 로베르토 볼라뇨의 『야만스러운 탐정들』과 『칠레의 밤』, 루이사 발렌수엘라의 『침대에서 바라본 아르헨티나』, 안토니오 스카르메타의 『네루다의 우편배달부』 등을 우리말로 옮겼다.

1판 1쇄 펴냄 2008년 7월 4일
1판 2쇄 펴냄 2023년 5월 15일

지은이 | 가브리엘 가르시아 마르케스
옮긴이 | 우석균
발행인 | 박근섭, 박상준
펴낸곳 | (주)민음사

출판등록 | 1966. 5. 19. 제16-490호
주소 | 서울시 강남구 신사동 506번지 강남출판문화센터 5층 (135-887)
대표전화 | 515-2000 | 팩시밀리 | 515-2007
홈페이지 | www.minumsa.com

한국어판 ⓒ (주)민음사, 2008. Printed in Seoul, Korea

ISBN 978-89-374-8189-5   03870

* 잘못 만들어진 책은 구입처에서 교환해 드립니다.